Dança Ritual Urbana

e outros Movimentos

Contos

Erwin Maack

DANÇA RITUAL URBANA
E OUTROS MOVIMENTOS

Contos

1ª Edição
POD

Petrópolis
KBR
2011

Edição e revisão **KBR**
Editoração **APED**
Capa **KBR**
Imagem da capa **Daniela Schneider**

ISBN: 978-85-64046-35-1

KBR Editora Digital Ltda.
www.kbrdigital.com.br
atendimento@kbrdigital.com.br
24 2222.3491

B869-3 – Contos Brasileiros

 **Erwin Maack** é carioca paulistanizado de ascendência sírio-alemã (sim, é possível). Passeia por enciclopédias e escreve contos.

Blog do autor: http://www.mapadagua.com
E-mail: erwin.maack@gmail.com

Dança Ritual Urbana, foto de Daniela Schneider

As imagens deste livro foram cedidas gentilmente por Daniela Schneider, amiga, incentivadora e artista. Daniela pode ser encontrada no Flickr: www.flickr.com/daniela_schneider/

Como agradecimento, reproduzo o que consegui ver através de suas fotografias:

Um passeio pelos olhares, pelos lugares desta artista, nos revela algo: uma misericórdia escondida nos detalhes, um aspecto sutil que, de súbito, se revela com graça, com cor, sempre como um clarão. Uma incerteza da vida, através da névoa sobre a cidade. O sorriso de uma face de alguém excluído de tudo, menos de sua humanidade. Um xaveco em Artur Alvim. As melancias são, repentinamente, girassóis de parque de diversões. O certo é que depois de olharmos com ela, e através dela, jamais seremos os mesmos. Estaremos despertos e espertos para os detalhes, ah, os detalhes!

Sumário

Erwin Maack, sírio-alemão como poucos paulistanos, nasceu no Rio de Janeiro. Também conhecido como Djabal Maat, seus pais se conheceram em algum ponto do Mediterrâneo, em um barco a vela que os acolhera: ele fugia da guerra na Europa; ela, das guerras dos séculos anteriores no oriente próximo e ao mesmo tempo (agora) tão distante. O deslocamento de ar os atirou nessa direção, sem escalas. Há sempre algo de fantasioso em histórias de desterrados.

Filho do desterro, Erwin Maack instalou-se como pôde (Santo Amaro, por que não?) e aprendeu a observar. Com os olhos sempre frescos, de eterno recém-chegado (porque desterrado), identificou desde muito cedo os movimentos dessa tal dança ritual urbana, paulistana, brasileira. Identificou, apreendeu, registrou e, por fim, aqui, agora, ficcionalizou.

Nos contos de "Dança Ritual Urbana", cada movimento encerra um pequeno holocausto. Os narradores, como se fizessem uso de um gravador, registram precariamente os movimentos de um mundo fugidio, da memória, que já não está, que talvez nunca tenha estado, pelo menos não dessa ou daquela forma. A recriação de algo incriado, portanto. Ficção.

São essas vozes, vozes do desterro e da memória do que não foi, do que jamais aconteceu. Algo como a lembrança das sombras de uns tantos movimentos desencontrados. Erwin Maack, de ascendência ignorada, existe porque está presente aqui, em cada um desses desencontros.

André de Leones

ANATOMIA

Madre, yo al oro me humillo:/ él es mi amante y mi amado,/
pues de puro enamorado,/ de continuo anda amarillo;/ que pues,
doblón o sencillo,/ hace todo cuanto quiero,/
poderoso Caballero es/ Don Dinero
Francisco de Quevedo (1580-1645)

Em Pondcherry, uma estação ferroviária na Índia, um senhor coberto por quase trapos, outrora brancos, vendia panipuris e garapa em uma barraca, havia treze anos. Panipuris, espécie de pastel crocante feito com pão ázimo e recheado com batatas e tamarindo, muito popular por ali. Trabalhava com alegria, como se estivesse brincando. Ao redor da barraca, na entrada do lugar, uma mulher varria a estação com um maço de folhas secas amarrado na ponta por um cipó, sem a haste, o que a obrigava a ficar agachada para limpar cada partícula de pó estranho, afastando também, meticulosa, os restos e detritos do caminho dos passageiros. O vendedor me informou que ela trabalhava para ter o direito de dormir num banco da estação, à noite, após completar a sua jornada. Haviam chegado juntos do interior. Não se conheciam.

Eu esperava o meu trem. Me sentei ao lado de um homem calvo, a pele da cor do couro, lisa e envernizada por anos de exposição ao sol, com trajes ocidentais que aparentavam uso excessivo e lavagens seguidas e óculos redondos de aros dourados, olhando estático o vazio. Ofereci um dos pastéis como forma de diálogo. Ele não aceitou, mas abriu um suave sorriso incentivando o papo.

Falei sobre o contraste entre aquela calma e as bombas explodindo em Mumbai. Ele apenas ouvia, olhava alternadamente para a cena e para mim. Aproveitei para falar daquela pobre mulher, que comia com os trocados dados pelos pedestres. Ele me perguntou o que eu fazia por ali. Respondi que buscava a minha paz (shanti). "Pois bem, ela é um exemplo para você. Ela encontrou a paz. Não carrega mais nada inútil consigo."

Chegou o meu trem. Ocupei o meu lugar. O vagão estava lotado. Acomodei a mochila de viagem entre os meus pés, pesada, cheia. Pensei um pouco naquelas palavras e resolvi dar seu conteúdo, distribuindo calças para quem estava por ali. Fiz o mesmo com as camisas e todos os outros utensílios, aliviado, enquanto lutava contra o meu vizinho de assento — que girava a mão em círculos no lado da cabeça, indicando o meu estado de espírito. Eu sorri e disse: "Shanti. Shanti."

***

Ao sul da Índia, no hospital de Nallamada, um suicida ressuscita. Ao redor de seu leito, sorriem os que lhe devolveram a vida. O ressuscitado olha para eles e diz: "Estão esperando o quê? Que eu agradeça? Eu devia cem mil rúpias. Agora vou dever também quatro dias de hospital. Vocês, imbecis, me fizeram esse favor". (Eduardo Galeano em Espelhos - Uma Historia Quase Universal)

***

Gupta trabalhava para *Jaya Chama Rajendra Wodeyar*, vigésimo quinto Marajá de Mysore. Era habitualmente chamado para conversar sobre filosofia e história. Apesar de não entender exatamente o que o Marajá dizia, gostava de se quedar ouvindo o som das palavras, vendo as expressões que o rosto do patrão assumia. Todos os dias, o livro em que eram anotadas as observações e mementos se abria e os sons escapavam, dando ao mundo nomes, cores e fragrâncias.

Gupta percebeu rapidamente o valor incontestável do dinheiro. Prático como sempre, arregimentou uma pessoa para ficar na estação com uma roupa adequada e se aproximar dos turistas, respondendo a qualquer pergunta e incentivando a doação do peso que carregavam para encontrar o caminho da felicidade, sempre mirando o céu. Depois disso, outros contratados, quando a representação terminava, entravam no trem destinado ao viajante e ficavam por perto, recolhendo as doações.

Os bens eram apreciados e muito bem pagos. Gupta vendia muito, e barato. Ampliou o seu esquema em várias estações que recebiam turistas, e assim podia viver consumindo sua alma e ainda manter suas três mulheres, que tinham tudo de que precisavam. Davam-lhe filhos, e ele, livre vazão ao seu desejo.

Quando precisava de paz de espírito, ideias e sabedoria, ouvia as palavras de *Jaya*.

Amigo secreto

Recebi uma carta do asilo em que meu tio viveu seus últimos anos. A dona do lar não se cansou de elogiar suas qualidades, seu sorriso sempre aberto, a elegância com que tratava as pessoas, a disposição de ajudar nas tarefas administrativas e tudo mais. A descrição é contrastante com outras que ouvi dele. Lembro uma história que me contou em nossa última viagem até a tríplice fronteira, uma festa de final de ano na empresa que dirigia.

A reunião foi marcada no Clube Hípico da cidade. Como parte das festividades, programou-se uma partida de polo. Os irmãos proprietários da empresa convidaram um time como adversário, e cada um jogou em uma equipe diferente. Para a confraternização, todos foram convidados, sem exceção.

O local é espaçoso, e somos recebidos por uma alameda guardada por palmeiras imperiais, bosques, vários campos fechados, simétricos. A casa grande é rústica e sofisticada, alisares azuis enfeitam as janelas, impossibilitando uma vista ruim, dimensão grandiosa, deixando o observador diminuído diante de tanta fartura.

Em sua maioria, as pessoas não se interessavam pela partida. Andavam em volta do campo, aplaudiam quando alguém incentivava e paravam naturalmente. Um ou outro fazia algum comentário. O interesse maior era o almoço, assado na churrasqueira ou preparado e servido dentro do restaurante após o término do jogo. A reunião se prolongaria até a noite, com um lanche e a troca dos presentes, colocados sob a árvore de natal, alta, robusta, brilhante, muito mais bem vestida de vermelhos, brilhos, brancos, estrelas e faíscas do que muitos espectadores. Dava medo tocá-la e algo se quebrar. O abono de Natal seria insuficiente para o prejuízo. Estava isolada, protegida do acesso pela lagoa dos presentes. Melhor olhar e se quedar quieto.

A brigada do clube, uniformizada, impecável, cuidava para que tudo corresse bem. Levava as coisas de um lado para o outro, sorria para os presentes, trazia comida e bebida em quantidade. Tinham recebido instruções para não sonegar nada. As senhoras mais velhas sorriam para os meninos e rapazes que cuidavam dos cavalos. Brejeiros. Sorrateiros. Detalhavam os músculos e a alimentação dos animais, diziam que esta era responsável pela graça e força daqueles, olhando dentro dos olhos do interlocutor.

Segregado da maioria, um contingente ficou ao largo, separado dos outros, como as mulheres nas cerimônias dos dervixes ou nas sinagogas. Parecia reunir as pessoas pelo salário, era o que os agregava. Um deles — apelidado depois de Mané Codorna — encheu o prato com ovos de codorna, sob a risada dos demais. Afinal, além de provar do aperitivo, queria saber se era verdadeiro o benefício indireto. Prato cheio feito pirâmide na mão, Mané descobriu o motivo do riso. Não era só pela quantidade. Ao experimentar o primeiro, sentiu uma acidez desconcertante; eram cebolas em conserva. Passou aperto para jogar fora sem que alguém percebesse.

A festa corria solta. O jogo terminou. A roupa, justa nas pernas e no corpo, provocava comentários dos mais atrevidos.

"Olha só, gente, rico também sua."

"Eles devem comer muita aveia, também."

"Os cavalos daqui não cheiram como eu me lembro, também são diferentes."

Tudo corria bem. Harmonia. Confraternização. Divisão de resultados. Comeu-se muito bem, a grande maioria no churrasco.

Muita batida. Pinga pura. Cerveja a rodo. Um convidado francês filosofava no restaurante: "A melhor maneira de lidar com dinheiro inexplicável é comprar diamantes rosa de Argyle com cartões corporativos. Não há como rastrear..."

A tarde terminava com o sol se escondendo atrás do bosque, sem pressa. O dia esteve perfeito, sem uma nuvem. A noite caia suavemente, como festa de novela. Escureceu. Acenderam-se as luzes, os enfeites, os ambientes. Linhas de luz faziam o perímetro dos telhados, desciam pelas paredes, desenhando o local como se estivéssemos fazendo parte de um cartão de natal. A árvore se iluminou majestosa, tomando o seu lugar de honra na festa. As pessoas foram convidadas a se aproximar.

"Vamos ouvir o informe dos diretores."

"Vamos gente, vamos chegando."

Os funcionários da empresa e do clube conversavam lá longe, perto da mata. Juntos, aproveitavam seu momento de folga. Agora não havia distração, só atenção às palavras dos chefes.

Um clique suave. Tudo escureceu. Não se via um palmo adiante do nariz. Escuro. Nada. Alguns pegaram o celular para obter alguma claridade. Logo em seguida, outros: insetos artificiais circulando. Um corre-corre abafado e rápido para se encontrar uma solução para a pane elétrica. Murmúrios. Logo alguém avisa, parece que é geral. Ninguém tem luz por aqui. Ligaram daqui e dali, nada. Em lugar nenhum havia eletricidade.

O pessoal do clube viveu um momento inarticulado. Alguns casais se afastaram para os cantos. Tudo foi serenando, principalmente as duplas. Várias possibilidades. Liberdade total. Cavalariços, palafreneiros, estribeiros e funcionários fizeram seus pares com casacas, esporas, rebenques, capacetes, culotes e luvas. Várias vezes. O movimento para lá e para cá não arrefecia, mas a obscuridade foi se tornando natural, da mesma forma que o barulho contínuo de um alarme. As pessoas se abrigavam ao luar, fora da alvenaria.

Duas horas depois, cansaço, vontade de ir embora. Muita bebida, calor. Naquele instante, tudo se iluminou, tornando estátuas momentâneas aqueles que rodopiavam livremente. Parados. Congelados. Pegos de surpresa. Apareceu uma secretária, rápida e eficaz:

"Bem, vamos fazer a revelação do amigo secreto, e depois iremos embora."

A árvore estava vazia, acesa e tristonha, sem os presentes. Magra, nua e pálida. Algumas joias deixadas nos sofás e otomanas tinham desaparecido, bem como algumas carteiras de dinheiro. "O que está acontecendo? Como pode sumir assim? Onde estão meus pacotes?" Os olhares se cruzando, interrogativos.

Logo chega a equipe anti-incêndio causando um tumulto, procurando encontrar a origem do ocorrido. Nada. Alguns pacotes de presentes dentro dos bagageiros também haviam sumido. Ninguém vira nada. A presidência da empresa confabulava com a do clube. Apontaram questões de ordem prática, e para se evitar um escândalo maior, concordaram em dividir os prejuízos. Os prejudicados pela perda dos valores seriam indenizados. A cota do amigo secreto ficaria como prejuízo dos presenteados.

As pessoas se despediram apressadamente, querendo dar um fim à aglomeração. As férias coletivas absorveriam todos os comentários, culpas, atribuições. Ano novo. Vida nova. Tudo seria diferente.

Depois dessa história, contou sobre os benefícios da Fernet Branca para a digestão de carne; da saudade de falar guarani; da vontade de atravessar o rio a nado, para economizar o dinheiro da passagem; das constantes viagens que fazia, para evitar encontros com a justiça.

Eu, que o havia convidado para rever as imagens do rio, tão bem descritas por Horácio Quiroga, fiquei frustrado. Não havia mais toras flutuantes. Acordei no dia seguinte, com o desjejum feito por ele: maçãs cozidas e *té*.

Olestra

Hoje revi a cena de um velho tocando acordeão.

Cego, acomodado sobre uma banqueta. Ria ao tocar e ponta-peava um cão curioso, as cãs encaracoladas nas laterais da cabeça, lisa feito um ovo. Balançava o corpo como um pêndulo, sorrindo e chorando através do fole retrátil.

A cena é distante e evocativa. Reúne as expressões dos rostos, resumidas nas dobras do bandoneon. A música sobressai, melodiosa, sem exageros, expressão do vento soprando os lençóis do baldaquino improvisado. Sussurra.

Era um casamento no campo.

Eu me recordo. Me lembrei de você.

É no sonho que somos felizes.

Bom-dia.

CABRAS DA PESTE

Devo acrescentar que os cidadãos fugiam uns dos outros e que ninguém se preocupava com os vizinhos? As visitas entre parentes, quando aconteciam, eram raras e feitas de longe. O desastre pusera tanto horror no coração dos homens e das mulheres que o irmão abandonava o irmão, o tio o sobrinho, a irmã ao irmão, muitas vezes mesmo a mulher o marido. E até — o que é ainda mais forte e mais e quase inacreditável — os pais e as mães evitavam ir ver e auxiliar os filhos, como se já não lhes pertencessem.
Giovanni Bocaccio, *Decameron, Primeira Jornada*

Estamos em uma quadra de futebol de salão de grama sintética, preparados para a final de um campeonato de veteranos. Os promotores pretendem vender o espaço das placas laterais. O time do patrocinador é finalista. Haverá transmissão pela tevê.

O vestiário é pequeno, sem ventilação, com dois chuveiros de água quase quente, o piso vermelhão, as paredes pintadas de verde, com tinta brilhante e acrílica à meia altura, janelas basculantes de ferro com três pequenas bandeiras de vidro canelado, colocadas próximas ao teto. Três bancos de madeira em desordem, toalhas jogadas ali e aqui. Estou encostado no batente ouvindo os comentários do treinador, o queixo no cabo. Sou chamado de Vassoura do Mário Américo. Sou massagista, roupeiro e macaco gordo.

O cheiro do lugar se torna enjoativo pela mistura de perfumes fortes. Os sacos de roupa estão dependurados nos ganchos. São cinco jogadores e um goleiro. Conversam até a chegada do treinador, que abre violenta e repentinamente a porta:

— Vamos lá, minha gente?

Biriguda é o mais velho, organizador do time; jogou em quase todos os clubes do Rio, depois de São Paulo, e então saiu pelo Brasil afora. A única oportunidade no exterior foi um fracasso. Não havia feijão por lá, nem o roxinho, muito menos mandioca. Conseguia comprar pinga, a preço de uísque estrangeiro. Carnaval? Aquela tristeza de máscaras pelas ruas, vista pela tevê. Quando voltou, caiu de boca. Seu pai tinha algumas bancas de jogo do bicho. Malandrão, melancólico e fumante, agora é vendedor de automóveis. Guarda uma pasta molambenta lotada de recortes. Ninguém quer saber daquilo. Viúvo desde cedo, aparenta mais idade. Cara roxa. Tem obsessão por túmulo e pela cunhada.

Pitbull é o dianteiro, metade careca, metade máquina zero, testosterona de sobra. Tem orgulho de não saber de nada, apenas dançar (jogar bola), transar e curtir. Apetite insaciável, começou aos doze *fazendo* as primas. Foi casado com uma bailarina de tevê durante um tempo; tem três filhas. Foi acusado de maltratá-las, física, moral e sexualmente. Odeia treinos. Odiava a mulher marionetando na telinha. Dançavam a sós, tendo a vontade do corpo como coreografia, durante horas, até tombarem exaustos. Sua distração predileta: afugentar putas e travecos ao exibir o tamanho do trabuco. Posou nu. Investiu seu dinheiro em uma empresa que dá suporte audiovisual a reuniões de negócios, escolas de samba e conjuntos musicais.

Pachola é do interior de São Paulo; investiu tudo na religião construindo templos, é pastor. Jogou na Itália, ouvia e recriminava as piadas sujas de um português (Bocage?!) contadas pelo pai, descobriu que ele tinha vivido lá. No primeiro treino, apareceu de chinelo de dedo, calção e camiseta. Ao deixar o campo, voltou ao vestiário e os encontrou no mural, ofertados em leilão por um euro. A italianada tirou o maior sarro da cara dele. A mulher explicou: use terno e gravata. Evitou comprar um leitor de DVDs: não sabia se funcionaria no Brasil. Trabalha em tempo integral na pregação da mensagem de Jesus, atua como bispo e faz a conferência das oferendas.

Jack Jone. Sertanejo do interior do Maranhão, rijo, criado por pais adotivos, gosta de sexo nas mais variadas formas, posições, momentos e posturas. Foi amante de seu primeiro treinador. No último campeonato conquistado, *deu seis* em uma danceteria — informou o jornal —, só pra comemorar. Gosta de concentração, e sua melhor diversão é aquietar o ânimo dos colegas. Descoberto pela imprensa, saiu do armário. Aprendeu a velar o resultado do antidoping. É protegido de Oxumaré e tem o corpo fechado. Veladamente, é ignorado ou ridicularizado.

Braúna. Zagueiro de origem, parece vestido pela noite. É olhado de esguelha por ser leitor apaixonado. Os títulos dos livros que lê são misteriosos; a ninguém interessa saber. Não gosta de totó, nem de dominó, baralho ou papo-furado. É alto, um cubo, dois metros de altura por dois de largura e de profundidade. Gosta de tocar piano, "sua mão cobre um intervalo de treze", me disse. Seu empresário e ex-patrão cuida dos negócios: investiu tudo em um hotel de seis estrelas, na Serra. Soube hoje que os sócios estrangeiros quebraram.

Negocinho é filho de ex-jogador, quase campeão mundial. Convocado, jogou duas vezes pela seleção. Contratado pelos árabes, passou o primeiro ano sem saber quanto ganharia; foi aconselhado a não falar do assunto com o príncipe e se deu bem, muito bem; se livrou de ser expulso do país, após a esposa causar um tumulto ao nadar de biquíni em uma praia. Não tem o tamanho esperado para o pé-de-mesa de um baixinho. Casado com uma única mulher, sua porta-voz em reuniões de negócios, tem duas filhas que adoram tirar fotos ousadas (mesmo as de três por quatro). Vivem dos aluguéis. Trabalha como preparador físico.

Buri Uelton ('Seu' Cinquenta) é o treinador. O apelido é sinônimo de perneta, já que cem equivale a duas pernas. Duro, sorriso raro, violento na palavra. Se o atleta não entende o que ele fala ou não cumpre o exigido, é deixado na reserva. Detesta cara feia ou insubordinação. Nunca jogou futebol. Fez diversos cursos de treinador, aqui e no exterior. Treinou muitos times, só um destaque: como treinador da seleção do Baluchistão. É técnico e conhecedor, mas sem prática. Professor de educação física e paralítico de uma perna, puxa muito ao andar e tenta disfarçar, para que ninguém perceba. Não se sabe nada de sua vida pessoal, é muito reservado. Sabe tratar os dirigentes, enfrenta-os, assim como os jornalistas. Fala sem dizer nada por até cinquenta minutos: Negocinho já cronometrou, é o recorde dele.

"Meus caros: hoje é a final. Sei que não estamos preparados, sei também que falta treinamento. O campeão é o que tiver mais rabo, um detalhe que definirá. Nossa carreira é curta. Quem ganhou, ganhou. Quem perdeu, perdeu. Dez anos. Ninguém fará mais nada. Apenas saibam que é hoje o final de uma convivência entre os ratos. Exigir que eles gostem de nós é uma bobagem. Somos uma espécie de empesteados, rejeitados, apenas servimos de escada. Vivemos com medo. Da palavra do outro. Da ameaça. Da cadeia. Do contrato. Da identidade. A ponto de tremer, de o coração querer pular pela boca. A boca seca, o suor abundante. A época é de peste, de indiferença. De desconfiança. De cobiça e de negócio. Os nossos conhecidos nos esquecerão. A nossa terra é devastada. Percam o medo hoje. Ao menos hoje. Vocês serão lembrados por esta vitória. As ruas estão cheias de desesperados, de cadáveres queimados dentro de pneus. De filhos matando os pais. De pais comendo as filhas. (Epa! Falei demais!) De mortos de fome. De gente. Deem graças por terem sobrevivido. Encarem seus adversários nos olhos, partam para o tudo ou nada. Quero que vocês tenham vergonha na cara, busquem a vitória a qualquer preço, quebrem os caras se necessário, caso contrário, é melhor se enterrar. O pó é o destino dos que não têm o que comer. Ninguém imaginava que poderíamos exigir uma prestação de contas. Pois é, temos o nosso momento. Hoje. Nunca mais. Saiam para a vitória. É possível."

Um olhar furioso, um tremor, percorreram a sala. Eu mesmo fiquei entusiasmado. O homem fala bonito, gesticula, se transforma.

O jogo terminou. Ganhamos por quatro a três, saímos de três derrotas parciais para conseguir o resultado positivo. O cara não é tão ruim assim.

Agora: churrasco e pagode.

Michiko

Existe um temor no Japão de que a sociedade japonesa seja um
telhado de telhas, mantido no lugar pelo posicionamento cuidadoso de
cada membro e que, se um falhar, a estrutura toda começará a se desfazer.
Não é verdade, claro. Mas a eficácia de um medo nada tem a ver com a
sua realidade. As telhas, mantidas no lugar como ondas permanentes, são
mais fortes do que parecem. Em telhados antigos, crescem musgos, ervas e
capins e até touceiras ocasionais de flores silvestres.
Will Ferguson, *De carona com o Buda.*

Ontem fiquei emocionada ao ver a aparência esgotada de minha amiga de tantos anos. Veio após três meses de agonia do marido, decorrente da doença causada por um agente adormecido, durante os últimos vinte anos, no corpo do engenheiro. Ao acordar, o matou. Tinha trabalhado nos projetos da NASA — Apolo, Saturno, Ônibus Espaciais. Quase dois metros de altura, claro, olhos azuis. Forte, e agora morto. A única equivalência entre ambos: cento e cinquenta. Os quilos e os centímetros de um e de outro têm a mesma expressão numérica.

Trouxe consigo o passado sorridente, desconfortável e distante, recém-chegada do Japão, onde — conta — aprendeu, com sua professora primária, a ser uma boa pessoa para impressionar os americanos, que assim perceberiam que japoneses também eram humanos, e humanos de ótima qualidade.

Para ser uma boa pessoa: cumprir seu dever sem descanso. As filas na escola, com músicas marciais e saudações ao diretor, eram lembradas até hoje. De três em três, calculadas com base na altura, do menor ao maior.

Me contou também a história da mãe, da viagem que a mãe fez para Xangai a fim de que seu irmão cuidasse dela. Afinal, com vinte e três anos e ainda solteira, estava muito próxima de nunca se casar.

Seu ex-noivo fora mandado para a Manchúria e lá se casou.

Gastava pelo menos uma hora para pentear o cabelo. Shimada, é o estilo do penteado, lembrando as asas da borboleta. Conforme a tradição, mantinha a pequena tonsura no alto da cabeça, símbolo de sua virgindade. Na China, encontrou o marido. Homem disciplinado, soldado, batalhador e pobre. O irmão era intendente do exército de ocupação. Cuidou bem da família, até que todos os seus bens fossem confiscados. Fugiram de lá, assim como os ingleses algum tempo antes, e durante a travessia viram o clarão magnífico, dissuasório, estremecedor e aterrorizante, anunciando o final da guerra.

Não obtiveram autorização das autoridades americanas para desembarcar em sua cidade, e foram alojados numa ilha próxima, Conseguiram sobreviver até os anos sessenta, ao mesmo tempo em que multidões se reuniam para protestar contra as guerras. Pessoas com faixas e dizeres, berrando: *Wernher von Braun – Pai da Bomba*. Resolveram tentar a vida na América do Sul.

Chegaram a São Paulo pouco antes da morte de Massateru Hokubaru. Ele emigrara em 25 de abril de 1918, junto com outros mil e oitocentos japoneses sonhadores. Testemunhou daqui a derrota de sua pátria, custando a acreditar no que via. Lutou contra os amigos derrotistas. Acabou por encerrar um ciclo e se tornou brasileiro.

Michiko veio numa das sucessivas ondas que o mar lançara às praias do Brasil, atestando a derrota naquela batalha. Os tufões, que haviam protegido o país da invasão de Kublai Khan em tempos passados, tinham se recusado a aparecer.

***

Segundo a mitologia japonesa, o Japão foi primeiramente criado na mente da deusa Amaterasu e se manifestou em forma após a declaração divina anunciando a descida do ideal celestial sobre a Terra: um país que perdurará por infinitos anos é a terra governada por gerações e gerações pelos meus filhos e netos.

***

Estudou. Tentou a vida trabalhando. Parecia gostar da liberdade que encontrou, mas não da forma como as coisas eram feitas. Viajou para a América e lá se casou. Passou a viver em Utah, onde enfrentou e venceu todas as resistências.

Nossa amizade sobreviveu por meio de cartas e das sucessivas vindas ao Brasil. Uma dessas deve ser mencionada, aquela feita após o onze de setembro. Veio sozinha. O marido não suportava a ideia de viajar de avião sem que a cabine fosse blindada. Não correria o risco. Além do mais, o clima equatorial seria desastroso para a sua saúde. Jantamos em casa. Ao final, deitou-se, pálida, no terraço. Pediu para segurar minha mão. Estava gelada. Queixou-se de dores no peito. Imaginei o pior. Consegui encontrar um médico que a medicou e estabilizou. Dias depois, piorou novamente e voltou de imediato para casa. Estava preocupada com o marido, já doente, e não conseguia pensar em mais nada. Escreveu-me de lá, para agradecer a hospitalidade; criticou o tratamento que recebera e, finalmente, encontrou outro médico, na Califórnia, que compreendeu seu problema. Estava bem.

Escreveu entusiasmada com as eleições. Preocupava-se com o domínio dos candidatos de extrema esquerda. Uma política liberal em excesso pioraria todos os problemas do país. Acreditava que o governo eleito poderia chegar a soluções, se conseguisse reunir em torno de si as forças mais conservadoras da nação. Decepcionou-se progressivamente.

Agora veio, viúva e pensionista, e passou o dia comigo. Trouxe presentes para mim — o boné da National Rifle Association do marido, como recordação — e para minha filha — um curso de inglês da Berlitz. Estava alegre. Ela sempre sorri e mantém uma distância segura, uma rota de fuga. Engajada, como sempre, comentou que uma nação como aquela não poderia ter como programa de governo apenas uma palavra: "Change". Definitivamente — declarou —, estavam sendo governados pela esquerda. Bastava ser homossexual, afrodescendente ou pertencer a alguma minoria para se eleger representante popular.

29

Trouxe uma parte das cinzas do marido para colocar no Pavilhão Dourado — Kinkakuji —, um templo xintoísta, réplica do templo de Kyoto, antiga capital imperial. Lá, servirão como exemplo para a família, seus descendentes e visitantes. Ficou indignada com o fato de a sua bagagem ter sido violada. A urna que continha o pó, apesar de declarada, alarmou a segurança.

Corremos o dia inteiro para religar a eletricidade, a água e o telefone na casa de sua mãe. Todos os fornecimentos haviam sido interrompidos, a mãe interrompendo suas necessidades simultaneamente. Não lia mais durante a noite, cozinhava no fogareiro e a água era comprada ou emprestada. Jamais conseguiu falar português.

Estávamos exaustas. Aceitou um chá, mencionando que até hoje se correspondia com sua professora, agora com oitenta anos e ainda escrevendo em uma caligrafia magnífica. Na última carta, contou que os chineses exportaram chá contaminado, causando aos japoneses um sério problema de abastecimento. E exclama: os chineses jamais esquecerão a guerra. Triste, não?

Pela primeira vez me contou de sua cidade natal. Dos amigos, parentes que ainda residem lá. Colocou um anúncio no jornal local para encontrá-los. Ela é de Nagasaki, a cidade que é o portal tradicional para entrada na China. Contou também que jamais mencionou o nome da sua cidade nas conversas entre americanos. Não queria causar embaraços inúteis.

Percebo que não é só uma pessoa, mas uma ilha inteira que emigrou. Tem as respostas mais extraordinárias para as perguntas mais comuns. Mencionou o fato de nossas vidas serem muito ordinárias e parecidas, com diferenças insignificantes nas narrativas e resultados. O verdadeiro drama está no desenlace. Acrescentou: nós valorizamos a morte. Contemplamos as cerejeiras, as flores silvestres, a lua da colheita, as folhas de outono e a neve em templos antigos.

Ela se veste com uma roupa ocidental, apenas o seu penteado remete ao tradicional, enfeitado agora por duas mechas brancas. Conseguiu comprar um quimono parecido com aquele que sua mãe descreveu, na sua juventude, e que havia sido vendido em troca da passagem para a retirada da família. A mãe vendeu, ela resgatou.

Na primeira fuga, perderam o embarque. E aquela embarcação foi a pique, atacada por um torpedo. Agora, confidencia, tem um namorado, chamado Lafcadio, profundo conhecedor da cultura japonesa. Se ele não quiser se mudar de Utah, e não pretender se casar, com ele recomeçarei minha vida.

Lágrima retida

A lágrima insiste em sair. Vem das profundezas de um corpo hoje combalido; tenta furar o bloqueio que ele se habituou a mostrar (seria um orgulho bobo?), talvez para que o outro corpo não se sinta melhor, recompensado, pelo que fez (mostrar uma força que não existe? Ou existe apenas como fachada?). Vitrificado, ele segura firme, formando um lago interior composto por água e sal transformados em lágrimas, acumulado ao ponto de exercer uma pressão intensa sobre o olho, tornando-o liquefeito e translúcido. Um simples assoprar de brisa o desaguaria. Assim, não haveria problema em culpar um cisco ou a poluição da cidade. Enquanto ela está presa, coisas interessantes acontecem: uma piada antissemita, ou racista, ou machista; uma discussão estúpida com alguém, desaguando em ofensa; uma lategada no cão; uma briga de empurrões e pontapés, inadmissível sem ela; pode transformar-se também, como catarse, na vontade de assistir um filme sobre o funcionamento de um grupo terrorista, tudo para esconder o medo que você sentiu naquele instante, medo até então desconhecido. Da conversa com um texto, expelido por entre as vértebras de um amigo, noticiando a loucura que acomete os que conheceram da morte de deus à leitura do conto *Bola de Sebo*, pegadas interiores mostrando o caminho que percorreram. As fichas foram caindo dentro daquele corpo, transformado pela puxada de alavanca no caça-níqueis. A prostituição é um fato. Todo o ódio contra as putas e desclassificadas vem do medo da comparação das mesmas posições, do exercício das mesmas atitudes, das recompensas com as mesmas moedas. Das trinta famosas moedas. Até então, o tratamento dispensado era o das pessoas de bem, que têm sentimentos nobres, porcos, mundanos e sublimes, e comem da nossa comida enquanto têm fome. Satisfeita, voltamos ao nosso lugar: a indiferença merecida dos violadores da hóstia consagrada. Estamos encarcerados, isolados, à espera do próximo cliente. A próxima venda deflagra a represa. O corpo acorda, com a rotina do banho de tina. Nela, a água suja e servida, que passeou por ele, ainda está lá; repentinamente, as mãos, com vida própria, juntam-se e jogam no rosto punhados d'água suja, várias e várias vezes, em movimentos automáticos, irresponsáveis. Parece que tem necessidade de puxar para fora, com pancadas líquidas, toda a fieira de lágrimas retidas, extrair o tumor, aquela sensação inútil, pois, ficando lá, ficará como água parada, uma sementeira de vermes. Assim, terminado o banho, ele se desfaz do vapor, passa a mão no espelho do banheiro, nunca olhado, e desta vez serão dois pares se olhando, se confrontando, se aproximando. A porcelana vitrificada se fissura e percebe-se que duas lágrimas, pequenas e envergonhadas, escorrem pelos dois lados daquele rosto, se perdendo nos pelos brancos do peito. Apressado, ele as enxuga. Que voltem. Que fiquem. Que se danem. A inútil inquisição, vinda da noite dos tempos, venceu e arrancou dele a confissão: "A fatal desorganização de uma existência solitária cujos sonhos desapareceram; e todos os nossos dias passados iluminaram aos tolos o caminho poeirento da morte."

Eu faço vídeo

Caminhamos para um túnel, como aqueles que aparecem nos campos de futebol para proteger juízes e jogadores, autoridades, dirigentes ou a torcida quando ameaçados pelo tempo. A entrada é anunciada por um balão espetado no ar. Vários manobristas para guardar os veículos. Um bombeiro civil a postos para evitar qualquer dificuldade. Os seguranças, paramentados como os participantes da festa: paletó, gravata e máscaras. A lembrança da associação criminosa é inevitável, pelo tamanho dos 'meninos' e pela barba de alguns dias. Há momentos em que as pessoas são valiosas.

O local da festa era uma antiga fábrica de sabão, encanamentos e caldeiras à vista, pintados de amarelo. Hoje são objetos decorativos. As paredes foram descascadas para mostrar os tijolos de barro. O piso é de carpete. A iluminação vem do chão ou da altura do rodapé, proporcionando a quem olha um efeito fantástico. Cada participante, ao passar pela faixa de luz, produz um efeito fantasmagórico, existindo apenas por alguns instantes.

Após pegar as respectivas máscaras, as pessoas vêm pingando através do túnel como conta-gotas e descem, à direita ou à esquerda, para encontrar suas mesas, separadas por cores. Estamos no setor amarelo. No ambiente predomina o vermelho, com balões vermelhos, presos ao chão por fios, se movimentando: parecem corais no recife, monótonos, formando colônias. As mesas são estações de comida. Um grande prato redondo, dividido pelos signos do zodíaco, em cada porção o prato correspondente: Áries, grão-de-bico aretino; Gêmeos, testículos ou rins; Peixes, ruivos. Os doces, dos mais variados tamanhos, formas e cores, completariam a ambientação marinha, não fosse um enorme bolo de aniversário, réplica coberta do coliseu.

Lá fora ruge o vento, ameaçando tempestade. Dentro, rugem o rap, o 'funk' e o samba. As pessoas se divertem, dançam, não conseguem conversar. Não há tempo, tipo ou tema.

Minha mãe quer que eu estude, meu pai quer eu trabalhe/ Minha vó quer que eu me mude, mas eu já fiz o que pude/ Já fiz teatro experimental, oficina de poesia marginal/ Seminário de meditação transcendental, curso de sanduíche natural/ Eu faço vídeo! Vídeo!/ Eu faço vídeo!/ Vagabundo é a puta que pariu!

Somos servidos incansavelmente. Telas gigantescas mostram imagens de passeios, viagens, caçadas e safáris. Habitantes de países distantes, com aquela fome milenar, crianças fatigadas, deitadas com a cabeça ao chão. Sombreiros, ossos, tatuagens, dentes, olhos, moscas, chagas, tintas, penas.

Em um dos cantos do salão, algumas pessoas estão sentadas no chão, outras em cadeiras, e algumas em cubos. Estão estáticas, nuas. Três homens e três mulheres com idades variadas, desde sessenta e oito até trinta e um anos. São modelos-vivos.

Acostumados a ficar parados por uma hora, com direito a dez minutos de descanso, encaram a tarefa com muita tranquilidade, pois podem se mexer à vontade. "Não ficamos pelados, apenas posamos nus." O calor, as máscaras, a indiferença, o ambiente, tudo colabora. "Aprendemos a tirar a roupa quando percebemos que ninguém, de fato, nos olha." Falta-lhes, entretanto, naturalidade: não se movimentam, saem de uma pose para outra geometricamente.

Os banheiros são cápsulas espaciais. Paredes de vidro em todos os lados, divisórias translúcidas. A única parede que reflete o próprio rosto é a do espelho diante do lavatório, um cone em que a água floresce, na temperatura exata, sempre que alguém se aproxima. Ao lado dele, uma caixa com comprimidos; os legais, para as mais diversas finalidades: enjoo, laxantes, analgésicos, antiácidos, preservativos dos mais provocantes modelos, das mais exóticas procedências; os ilegais, dedicados às viagens da excitação, do medo, da angústia, do tédio, da aceleração, são azuis e brancos; pó, fumo e narguilé. O mais completo paraíso artificial que se pode imaginar. E água, muita água.

As telas formam um nicho natural ao centro. Abaixo delas, um palco fulminado por jatos de luz que vêm de baixo, faiscantes, borbulhantes. Todos conversam com o corpo, frenéticos, compondo também a paisagem marinha como aqueles peixes-papagaios, ouriços, estrelas e esponjas. Uma energia sobre-humana se condensa naquele ambiente, a eletricidade. O rap penetra o âmago de cada um, os gestos são poucos, díspares e dessincronizados.

Estava no Alto da Boa Vista, a Patamo me parou para uma revista/ Queria me levar por vadiagem/ Eu disse: "Eu não faço curta-metragem"/ Entrar no camburão foi humilhação prum cara com a minha formação/ Aquela caçapa tava lotada de vagabundo que não faz nada/ Eu faço vídeo! Vídeo!/ Eu faço vídeo!/ Vagabundo é a puta que pariu!

Desço a escada para ver o funcionamento da iluminação. Um ambiente sóbrio, amplo, escadas de ferro, piso nu, janelas grandes e fechadas, jogos de sofás, poltronas largas, com braços dobrados sobre si mesmos, sem encosto, largas como camas, jogadas aqui e ali. O branco dos estofados contra o cinza do piso. Encontro uma série de casais: do mesmo sexo, de sexos diferentes, de sexo indefinido, tomando por base as posições. Passeio por lá até encontrar a casa de máquinas. O bombeiro civil está por lá, um rapaz magrinho, com um sorriso muito grande, cujos dentes mostram sinceridade.

Conversamos um pouco. Ele ficou quatro anos servindo o exército, gostou muito. Aeronáutica. Mas, infelizmente, deu o seu tempo e foi obrigado a dar baixa. Trabalha como bombeiro, "civil, não militar", explica. Mas sente saudades dos companheiros de tropa. Guarda todo o dinheiro que recebe para fazer um curso de mecânica de aviões. Mecânico especializado. "E as festas, não dá vontade de participar?", pergunto. "Que nada, já me acostumei, pra mim é um trabalho, paga bem, e é só."

Meu pai exige uma definição, quer que eu escolha uma profissão/ De preferência em computação, mas eu não crio sob pressão/ Todos me chamam de encostado, só como e durmo e fico parado/ Ninguém percebe que eu tô concentrado, criando um vídeo pra ser premiado/ Botei meu vídeo na mostra da Folha, só tinha careta e jurado bolha/ Ninguém entendeu minha proposta/ Matinas Suzuki achou uma bosta/ Eu faço vídeo!

São quatro horas da manhã quando chega o convidado principal, um cantor de muito sucesso duas décadas atrás. Alto, já foi magro, um misto de Elvis Presley com Lindomar Castilho; hoje apenas anima a plateia, canta dublando a própria voz: o peso não lhe permite fôlego para gingar e cantar. Deixa a plateia frenética, principalmente a feminina. A dona da festa, afogada em um vestido-tulipa vermelho, se despe dançando à sua volta, como se o ídolo fosse o poste. O repertório vai de Trini Lopez a Ney Matogrosso, passando por "Menino da Porteira".

Da plateia, surge um dançarino. Ágil, de roupa negra e prateada, colada no corpo, com uma elasticidade alucinada, repete a melodia através do corpo, canta a letra com os pés e as mãos, os olhos faiscantes. Diabólico. Eleva a temperatura. Assume o comando da festa, faz com que os casais parem de se amar. Os banheiros se esvaziam, os homens retocam a maquiagem e aparecem, alguns esquecidos, com os narizes brancos, garçons e garçonetes se confraternizam, unindo o mais novo ao mais velho. De repente, rapta e domina a patroa, o corpo coberto somente com alguns pedaços de pano. Dançam até a exaustão. O bolo de aniversário é descoberto e dele voam rolinhas. Apavoradas, procuram a saída.

Perto do final, uma labareda se acendeu, o cheiro ácido de queimado se espalhando juntamente com o pânico. O bombeiro assumiu o comando e salvou a mulher. Buscou o cantor. Corre-corre. Uma modelo nua tratou de arrastar o dançarino enquanto tentava, sem sucesso, tirar-lhe a máscara. Não era apenas máscara. Era um traje colado no corpo que subia pelo pescoço até o rosto, formando uma peça única. Após deixar a vítima em segurança, ajudou a tirar, rasgando, a máscara dele: mais de sessenta anos; rosto descarnado, fiapos de cabelos brancos colados ao crânio. Dançarino profissional, vive da renda da mulher que posa nua por setenta reais a hora, mais a comida. Mascarou-se para dançar e viver momentos de glória. Foi o único a não dar gorjeta ao valente soldado do fogo, que recebeu um agrado de todos os presentes que ajudou e conseguiu uma féria bem maior do que previra.

Pescoço

Uma noite, depois de muito Chianti, repetiu-me a definição do
costume, e como eu lhe dissesse que a vida tanto podia ser uma ópera,
como uma viagem de mar ou uma batalha...
Machado de Assis, *A Ópera*, Capítulo IX

Quando morei em Mauá, trabalhei com meu pai. Ele veio do norte distante, montanhoso, onde faz muito frio. Era conterrâneo de Marco Polo e tinha muito orgulho disso.

Não deu certo. Ele queria que eu fosse responsável pelo negócio. Eu sofria com isso. Não daria certo, não compreendia o negócio, nem as pessoas. Procurei trabalho em uma companhia que me possibilitasse viajar. Faria qualquer tarefa, desde que não fosse responsável por ninguém, apenas por mim mesmo, e pudesse conhecer outros lugares.

Consegui trabalho em uma fábrica de interruptores, caixas de luz, tomadas e variadores de luminosidade. Este foi meu escudo diante da vida; eu aguardava o meu manual de instruções, algo repentino, que abrisse as cortinas de algum lugar secreto e feliz. Tocava o meu dia, esperando. Não me lembro de estar parado, pensando em nada de prático. Não me lembro de tentar conhecer o outro.

Treinei a vida inteira não estar, mas parecer à vontade. Adquiri o hábito de subir e descer escadas para descansar. Percebi que as escadas das igrejas são as mais íngremes; subia e descia com passos firmes e ritmados. "Somente os príncipes têm ritmo", dizia o meu velho. Ah, Candelária, você fazia meu sangue bater aqui no pescoço.

Gostava de dançar. Não apagava o pensamento ao dançar, pelo contrário: dançava para dizer alguma coisa, para acobertar algo. Conheci minha mulher no Cartola Danças. Tudo se passou muito rapidamente, casei, tive uma filha: Penélope. Minha filha é um doce. Linda e inteligente. Divertida. Alegre. Adora dançar, mas é diferente de mim; dança pela necessidade do corpo, não como presságio ou pensamento. O corpo é maleável, musculoso, belo e jovem, seios fartos como os da mãe, cadeiras largas.

Não precisava fazer nada, apenas se exibia. Apenas dançava molejo, malemolência, perícia e sensualidade. Fez curso de literatura, para dar aulas e ter a sua própria vida. Mas gostava mesmo era de exibir-se. Casou e teve uma filha. Parecia seguir o mesmo ritmo. Apesar de não conversarmos muito, percebi a sua corrida.

Adorava o marido, conterrâneo de meu pai; e se parecia um pouco com ele, nos gestos, nos olhos: sério, áspero, trabalhador. Se envergonhava toda vez que Penélope dançava para ele. Por exibição. Ela guardara trinta alianças de pretendentes e não aceitara nenhum deles, esperava o seu homem, até que o achou: "o melhor homem do universo". Nenhum pretendente quis receber de volta a aliança de compromisso. Elas ficaram lá em casa, como penhor.

Penélope dá aulas no colegial. Por algum motivo, incompreensível, algumas fotos dela, de biquíni, caíram nas mãos dos alunos, que fizeram a maior folia exibindo a "gostosa" da professora. Fizeram um campeonato de "cuspe à distância" com elas. As fotos chegaram aos pais e, por fim, à diretoria do colégio. Ela perdeu o emprego, foi taxada de vagabunda e corruptora de menores. Deu no jornal. O marido a abandonou, ela voltou lá para casa e está lutando para segurar a guarda da filha; eu, que fiquei viúvo, cuido delas — pouco, é verdade. Se meteu a fazer filmes. Agora, véspera de ano novo, saí para comprar tênis. Encontrei uma liquidação e acabei comprando dois, um para a neta, outro para a filha. Gastei quase todo o dinheiro da féria. Restaram cinquenta e cinco reais.

Hoje, trabalho como taxista. Dou carona para as pessoas das redondezas e recebo o pagamento pelo trajeto. Agora mesmo, levei dona Therezinha ao médico, lá no largo do Socorro, defronte ao Cartório. Pescoço: dez reais. Passando, atendi ao sinal de um rapaz que saía de lá. Calça azul-marinho, camisa engomada, branco Omo. Disse que queria ir ao centro. Bem, uma corrida longa não é de se desprezar nestas alturas. Dou um corte no pescoço. Quem sabe, com sorte, pegaria outra corrida na volta. Não dou sorte, a rifa não gosta de mim. Não gosto do centro. Feio, sujo, intransitável. O rapaz entrou e começamos a conversar. Dei o meu nome: Pio. Aliás, esse nome só criou problemas para mim. Quando era garoto, fui chamado de pintinho, piu-piu, galinho e o que mais a imaginação cruel das crianças inventasse. Pio também é uma rima fácil para "Brasil" e "pariu". Minhas respostas eram rimadas e sem educação.

O passageiro pediu licença para fazer uma ligação para o escritório. Coisa mais estranha, uma pessoa educada assim. Na conversa, deu a desculpa do trânsito (de fato, estava parado), seria impossível entregar os documentos no escritório (ainda bem). Recebeu autorização para ir embora. Pediu-me que o levasse para casa, me informou que morava no Jardim Filhos da Terra (bem longe). Concordei, fiz a volta e nos encaminhamos para lá. No caminho, uma tremenda confusão. Polícia, moradores, carros de assalto, fumaça, fogo e uma multidão. Pessoas desconsoladas olhavam para as ruínas descompostas das ruínas onde moravam, dentro de armários e beliches, tudo amontoado em um terreno da Viação Santa Cruz dos Enforcados, terreno desocupado há vinte anos, sem muros e cheio de carcaças de carros roubados.

Correra o boato de que a empresa não pagava mais o imposto, ocorrera o fato de as pessoas não terem onde morar. Os políticos eleitos fizeram passar um asfalto fajuto de "cimento" e condução. Os boatos de evacuação corriam soltos, mas eles se acostumaram também com isso. Precário é o sobrenome de cada um deles. Oferta da cidade. Fomos obrigados a parar. Tropa de choque. Tudo quebrado, chorado. Prazo de trinta minutos para dar o fora. Criança perdida. Atearam fogo em seus barracos. Tudo queimado. Fumaça. Tosse. Impossível não ser solidário. Conversamos com ex-moradores; foram até a bica pegar água e passar um café, que nos foi oferecido. Pensei no livro *Pare de Sofrer*, escrito pelo espírito de Silveira Sampaio, que me fez tão bem, e poderia também ajudá-los. Mudaram-se para a calçada. Têm agora a caixa d'água como banheiro e a igreja como pensão.

Fomos liberados. Passei pelo parque enorme e abandonado, entrei em uma rua transversal. Do lado direito, um boteco cheio de gente jogando bilhar. As crianças corriam pela rua, as mulheres lavavam suas calçadas e conversavam. Uma cena tranquila, não fosse pelo fato de a rua não ter saída. Do lado esquerdo, três pessoas paradas diante de um Passat antigo. Todos mal-encarados. Os rapazes do bilhar saíram à porta, comecei a sentir que algo estava estranho. E ouvi:

— Pio, a casa caiu.

Parei o carro aos poucos, demonstrando uma calma que estava longe de sentir. Os outros se acercaram com armas automáticas, e encostaram o cano de uma delas na minha têmpora. Saí do veículo. O gelo do metal atravessou a minha cabeça, saindo do outro lado, fazendo um cilindro de ponta a ponta. Queriam furar a minha cabeça. O menino, que estava atrás, saiu. Todos muito nervosos. Um deles pediu ordem para me matar. Foi negada.

— Afinal de contas — disse um deles — o cara tá na boa, não agitou nada.

— Quedê a grana?

— Está ali, no cinzeiro do console. Pode pegar. Tranquilo, tranquilo.

— Me dá a lupa — apontou. Entreguei. Estava inteiramente dominado pelo terror. Ofereci os tênis que estavam no bagageiro antes que eles o revistassem. Consegui explicar onde os comprei. Estava muito barato, ali, atrás do Pão de Açúcar. Apontando para qualquer lugar. A cabeça foi serenando, senti que não estavam atrás de complicações. Aprendi a responder quando perguntado, a entender a gíria deles, tornar-me um igual. Pela primeira vez, vivi a minha vida; tive segurança; estava em contato comigo mesmo.

O que queria me matar desandou a reclamar dos ladrões bacanas que moravam ali por perto: exigiam a saída dos demais e chamavam, a toda hora, a atenção da polícia com seus crimes pésde-china. Queriam paz e sossego, tinham cobertura. E instalaram uma guerra ali no loteamento. Ele sabia que acabaria com a boca cheia de formiga.

Contei da minha filha, da minha neta, pedi para ficar com o documento do carro; afinal, tinha pagado uma nota para conseguir a licença do táxi, o carro estava em bom estado, e conseguir novos documentos é quase impossível, ficaria um tempão sem poder trabalhar.

— Você sabe, motorista de praça não pode carregar arma — eu disse.

— Não queremos dico, nem a caranga, tá ligado?

— Posso sair?

— De fininho, sai sem fazer barulho. Pega seus bagulho e sai.

— Será que você pode me deixar uns cinco contos para eu poder faturar a grana do rango?

Cruzaram os olhares. Ficaram calados. O tempo necessário para jogar no barro a nota de cinco.

— Some. Vai.

O CHAVEIRO

Faixa de couro debruada nas extremidades, preta, aberta e dividida em três abas. Pelo anverso e no centro, uma barra de metal cravada como cabeçalho, dotada de encaixes para receber cada um dos olhais dos seis ganchos ou anzóis. A curvatura deles forma uma garganta de abertura estreita, cuja ponta, não tendo barbela, mas uma minúscula glande, se volta elegantemente para fora, dispondo-se como amistosa clave para pescar, penetrando o orifício de cada chave que de agora em diante lhe pertence.

Já existiram chaves que só abriam por fora, chamadas "lacônicas", originadas talvez pelo desastre ocasionado pela última porta que esqueceram aberta em Constantinopla, a qual deu acesso às tropas do sultão dominador; e outras que só abriam por dentro, restando delas apenas a mítica imagem do cavalo de Troia com seus guerreiros aguerridos, embutidos e trancados.

Têm diversos tamanhos e variados formatos, desde a pequena que abre a mala, ou o cadeado, até a grande, a pantográfica e a eletrônica. Também foi sinônimo de bens imóveis e da fidelidade da mulher. Esta deveria trazer consigo os utensílios e entregá-los quando solicitada, e se entregasse, por desgraça, algum falso, seria repudiada, com o mesmo tratamento reservado às putas. Chaves importantes eram guardadas no pescoço, enfiadas em correntes à vista de todos.

Hoje, no centro de uma cidade, distante alguns quilômetros de Budapeste, existe um chaveiro em forma de gradil, afixado no canto entre duas paredes. Nas suas barras, são guardadas chaves perdidas por toda a cidade.

O segredo do qual a chave é cifra e ardil se iniciou com duas argolas, uma em cada painel da porta, e o prego que as selava. Este veio limpo do latim *clavus*, transformando-se com o passar do tempo, tornando-se único, a ponto de apenas o proprietário descerrar-lhe o segredo. A cabeça se achatou e se arredondou para acomodar o polegar, a ponta recebeu um dente e um corte lateral. Depois, o dente se espalhou pela haste e dela cresceram serrilhados, multiplicando seu mistério.

Um inventor inglês nos tempos do rei George III, filho mais novo dentre cinco e tendo frequentado a escola até os dezesseis anos, aleijou-se em circunstâncias não esclarecidas; passou a estudar em casa, e não podendo mais trabalhar na fazenda do pai, escolheu mecânica e carpintaria. Colocou a mente para observar e conseguiu produzir o melhor cadeado da época. Vendeu milhares de exemplares, e se tornou um homem rico. Oferecia um prêmio de duzentos guinéus a quem conseguisse violar o segredo de seu invento, a tranca de Bramah, que servia como escudo contra os ladrões na porta de sua loja, em Londres. Depois de trinta e cinco anos, um gaiato finalmente conseguiu a façanha. Após alguma controvérsia, tanto pelo tempo utilizado quanto pelo método, a promessa foi paga. Anos mais tarde, contraiu um resfriado, transformado em pneumonia, e sua alma inventiva o abandonou, não sem antes ter inventado a bacia sanitária com descarga hídrica.

Por essa época, em Connecticut, outra família emigrada das montanhas de Gales para a planície da republicana americana, e conhecedora do funcionamento e andamento das coisas, enriqueceu-se concebendo artefatos agrícolas, debulhadoras e fechaduras. Seu filho mais ilustre, Linus Jr., interessou-se pela pintura, mas com a morte do pai tomou para si a administração dos negócios. Após estudar engenharia, apresentou o seu conjunto inexpugnável. O prêmio concedido para o improvável violador era de três mil dólares, à época uma soma respeitável.

Seu invento correu o mundo e se metamorfoseou em fábricas (Yale), riqueza e poder. Como símbolo de segurança, oferecia acesso exclusivo àqueles que o penetrassem e, suavemente, conseguissem uniformizar pelo tamanho ou altura todos os tambores e molas embutidos na tranca, após um tranquilo clique.

Entretanto, com uma mensagem, é possível ir se desvendando os segredos de um quarto ou biblioteca, de um banco, da igreja, da gaveta; ou abrir uma gaiola, exibir sem mostrar a fraqueza humana. Outras chaves eram feitas de papel e ficavam à mostra nas paredes, algumas elaboradas apenas como desenhos ou palavras.

Agora, juntas, estão no chaveiro que contém seis delas, nenhuma mixa ou mestra. Estão deitadas em posição paralela, com a face dentada de uma voltada para as costas da outra, afastadas milimetricamente para não se comunicarem entre si. A dobra lateral direita se fecha sobre o molho acolhido no metal. No seu dorso, há uma presilha com uma reentrância. Aguarda a outra, à esquerda. Fechando o conjunto, exibe-se outra presilha de forma pontiaguda com um cone esférico na extremidade, acomodando-se sobre a ranhura, que com uma pressão estala e se fecha. O chaveiro tem o tamanho de um terço da tira, exibindo no exterior um brasão dourado sobre o couro, num desenho que não se consegue decifrar. O conjunto não faz o ruído característico de chaves se batendo e fica guardado no bolso.

Hoje, o conjunto inteiro — exceto uma única chave — é guardado em uma gaveta, que contém, além do chaveiro, a Bíblia, algum dinheiro, joias, folhas de um contrato, bilhetes, inseticida, pomada para dores lombares, atlas históricos e diários. Ele perdeu o hábito de frequentar lugares que necessitam de chaves para obter-se acesso. Nada com a corrente, não luta mais contra ela. Esqueceu-se de como se faz para abrir as bandeiras e portas; apenas entra e sai dos lugares sem segredos.

A chave avulsa que leva no bolso fica pendurada no cadeado, após ter aberto o viveiro com os tangarás. Deixou a portinhola de par em par e lhes observa a saída. De um em um, como num ritual, colocam para fora a cabeça — vestida com a touca vermelho laranja —, compondo a plumagem azul clara e ajustando as penas compridas da cauda para o voo. A cerimônia da dança, dos machos se colocando diante das fêmeas e exibindo-se um de cada vez, ao cabo da qual vai cada um para o fim da fila, aguardando sua próxima vez até que a fêmea se decida, não será mais representada para outras testemunhas, nem o som intrincado da voz e do bater das asas despertará a atenção por sua originalidade.

Ele segue o seu caminho de monótonas paredes. Resta uma última chave, e toda vez que ele põe a mão para apanhá-la ela escapa, adiante, mais adiante.

Abre-se a grade no jardim
com a docilidade da página
que uma devoção frequente interroga
e lá dentro o olhar
não precisa se fixar nos objetos

Jorge Luis Borges, *Primeira Poesia*

Cólon

Ora, as nossas leis são como teias de aranha: as simples moscas
e as pequenas borboletas são apanhadas; os grandes moscardos
malfazejos as rompem, ou as atravessam. Semelhantemente, não
procuramos os grandes ladrões e tiranos; são todos de dura digestão,
e nos sufocariam; ora, vós outros, gentis inocentes, aqui sereis bem
inocentados; pois o grande diabo vos cantará a missa.
François Rabelais, *Gargântua e Pantagruel*, vol II, cap. XII.

A garoupa de uma cédula de cem reais guardada no bolso traseiro
da calça: este é o meu destino. No verso, uma efígie da república,
de olhos vazados e ouvidos moucos, não fala comigo. Testemunhei
poucos fatos nesta vida, não sou muito dada à circulação. Estou no
bolso deste homem, que não me tira do lugar de maneira alguma. Me
saca apenas para me olhar. Demoradamente. São olhos sonhadores
e, ao se embaçar, volto ao bolso.

O portador fugiu de Nazaré da Mata. Dos sopapos do pai. Da
vida sem vida. Da rigidez e da falta de imaginação. Do evangelho
segundo o bispo. Não quer transformar o mundo, apenas conhecê-lo.
Viajou para o sul. Após terminar o segundo grau, no colégio estadual,
começou a trabalhar em todas as horas de que dispunha no dia.

O auge de sua carreira foi na universidade. Era auxiliar na
tesouraria. Conseguiu comprar um apartamento, a pagar em muitos
anos com o financiamento da Caixa, e se casou. Gerou dois filhos
homens. Perdeu o emprego, envolvido sem saber em uma disputa

entre os chefes, acusado de participar de um desfalque. Após provar sua inocência, pediu todos os direitos sonegados na época da demissão. O processo se arrasta na justiça. Ultrapassou todas as fases, matou todos os monstros, mas não ganhou vida. Ainda não recebeu.

A mulher também o despediu, o acusando de ser um banana. Fez todo o possível para mantê-la, continuar vivendo ao lado dela, deles. Foi impossível. Desistiu. Desempregado, sozinho, conseguiu manter-se na superfície durante cinco anos, fazendo bicos. Um amigo lhe disse: "Você tem um metro e oitenta e cem quilos, é ideal para trabalhos de segurança". De fato, foi aprovado e fez o treinamento por duas semanas; passou a trabalhar oferecendo corpo e semblante para assustar traficantes, cobradores e infelizes de forma geral. O treinamento foi básico. Códigos de rádio usados pela polícia, perguntas e respostas mais frequentes dos clientes, e o mais importante: *ficar em pé, sem nenhuma expressão no rosto, nenhuma resposta fora do manual*. Após o curso de tiro, abriu-se a chance de trabalhar em agências bancárias por um salário melhor. Pouco melhor. Recusou.

Recebeu uma intimação. O apartamento será leiloado. Foi condenado pela falta de pagamento das despesas de condomínio, durante os meses de desemprego. A dívida é equivalente ao valor da residência. "Não entra na minha cabeça. Pagar o imóvel em vinte anos e perder tudo em cinco?", repete a todo instante. Tentou fazer um acordo, conversou com a síndica, com os demais condôminos, fez assembleia. Impossível. "O meu saldo de salários na Universidade ainda não foi pago. O advogado não consegue resolver a questão — coisas da justiça — nem negociar o pagamento parcelado da minha dívida." Ele também me despediu.

Troquei de calça. Estou em outra, e bem quente. Mas o tempo está fresco, o calor me abafa. Ele está caminhando. Saiu de sua edícula nos fundos da casa dos tios. Um casal de velhinhos. Ele passa o dia todo debruçado sobre a Bíblia, lendo, relendo, escrevendo; fazendo contas. Conta os níqueis para não sair do orçamento. Coisa de velho.

Agora, estou toda molhada. Ele percorre os quilômetros desde seu quarto, quatorze, para apanhar o filho mais novo, com quinze anos e já da mesma altura, olhos grandes, bem abertos, redondos e pretos. Tomam um ônibus para um parque da cidade. Parque do Povo. Imaginam jogar tênis. Grátis. Aprendeu a agenda gratuita da cidade. Podem jogar um *game*, quando chegar sua vez na longa fila que se forma. Ouço o filho perguntar se eles têm que sair de casa. Ele desconversa. "Depois falo com sua mãe." Não diz mais nada. O *game* é rápido, ele está pregado. Resolvem visitar a feira de Nossa Senhora da Achiropita. Comida farta. Boa. Barata. Lotado. Gente saindo pelo ladrão. Contentam-se em comer uma *foccacia* em um boteco de beco. Voltam para casa, felizes e risonhos.

Ao entrar no carro hoje, estremeci com o peso do seu corpo sobre mim. Apesar de acostumada, o berro que ele deu após fechar os vidros foi ensurdecedor, longo, como aqueles que o pai dava ao chamá-lo para o castigo, após alguma reclamação da escola ou do vizinho. Estamos levando um juiz de Direito, amigo do patrão dele. No caminho, ele conta suas histórias. Começou na advocacia tirando da cadeia um pai incestuoso, libidinoso e reincidente. "Precisava de dinheiro, faria qualquer coisa, só queria tirar o cara de lá. Hoje, depois de tanto tempo, aprendi a ganhar dinheiro, e não quero mais fazer isso. A advocacia também deve ser ética; aprendi com o exemplo do meu pai. Ele era botequineiro. Vendia fiado para os fregueses para cobrar no dia do pagamento. Sempre que um devedor encontrasse algo que dizia não ter consumido, meu velho, resignado, subtraía o contestado, e me dizia: 'Filho, hoje eu saco os vinte, e não brigo. No outro mês, eu pego trinta de volta.' Era um cara muito esperto. Aprendi muito com o tribunal do júri. Lá se aprende a improvisar, conquistar as pessoas. Um advogado me apontou o indicador na frente de todos, me acusando de ser cúmplice do réu, acusado de homicídio; olhei bem para a cara dele, segurei a ponta do dedo em riste e disse: 'Se você fizer isso de novo, garanto que o nobre colega só usará a mão esquerda de hoje em diante'. Aprendi a frase com o Baretta na TV, no dia anterior."

Não há tempo para almoçar. Ele compra um abacate e um pacote de aveia, mistura e come. Gosta também de iogurte com milho, batidos no liquidificador. A vitamina preferida é a de abacate com mamão e leite. Ele, invariavelmente, toma por dia dois litros de leite. Fica diante do computador e pesquisa o funcionamento do aparelho digestivo humano para ajudar nas tarefas escolares do filho. Google. Desde a ingestão até a evacuação, os alimentos passam por cinco ou seis metros de intestinos. *Aos poucos, o que resta daquilo que outrora era chamado de alimento vai passando por outro esfíncter: o esfíncter íleo-cecal. Atingirá, assim, outro segmento do tubo digestório: o intestino grosso. Neste segmento ocorre uma importante absorção de água e eletrólitos presente em seu conteúdo. O quimo vai, então, adquirindo uma consistência cada vez mais pastosa, e se transformando num bolo fecal. Fortíssimas ondas peristálticas, denominadas ondas de massa, ocorrem eventualmente e são capazes de propelir o bolo fecal, que se solidifica cada vez mais, em direção às porções finais do tubo digestório: os cólons sigmóide e o reto. Encontraremos o reflexo da defecação. O enchimento das porções finais do intestino grosso estimula terminações nervosas presentes em sua parede, através da 'distenção' (sic) da mesma. Impulsos nervosos são, então, em intensidade e frequência cada vez maior, dirigidos a um segmento da medula espinhal (sacral) e acabam por desencadear uma importante resposta motora que vai provocar um aumento significativo e intenso nas ondas peristálticas por todo o intestino grosso, ao mesmo tempo em que ocorre um relaxamento no esfíncter interno do ânus. Desta forma ocorre o reflexo da defecação. Se, durante este momento, o esfíncter externo do ânus também estiver relaxado, as fezes serão eliminadas para o exterior do corpo, através do ânus."* Derruba o copo, suja toda a calça e o sapato.

Saiu correndo, está em cima da hora. Recolhe o juiz e o patrão.

"Como foi seu almoço?"

"Bem, obrigado."

Ambos conversam animadamente, contando dos tempos dos bancos escolares. Fizeram a mesma faculdade. Têm amigos em comum. O patrão pergunta:

"Será que você conseguirá me tirar desta confusão? Falência é fogo".

"Claro que sim. Não se preocupe mais, agora está comigo. E está resolvido. Pronto. Simples. Farei o seguinte: perguntarei a deus se ele pode transformar o meu canivete em uma espada para que eu possa matar o leão que tenho diante de mim. O leão, claro, perguntará se ele pode fica ainda maior, para me liquidar de um só golpe. Mas eu confio no meu poder de *argumentação*. E sairei vencedor."

"E se deus não se meter?"

"Nesse caso, a minha última fala será a seguinte: 'Bem, então o senhor pode se sentar nessa pedra, e se afaste, porque verá uma briga das boas, e jamais perdi uma delas.'"

São onze horas da noite. Ele carrega a valise para o patrão e a deixa sobre a escrivaninha, na biblioteca, ao lado de um livro aberto. Não consegue deixar de observar. As páginas estão esbranquiçadas, a tinta se gastou. Um parágrafo está escurecido, forma uma faixa escura. Ouve, atrás de si:

"É de tanto eu ler e passar o dedo sobre as linhas. Esta faixa não tem mais nenhuma delas, mas as sei de cor: *A verdade foi propagada a partir da Revolução em França, que decapitou o Rei...*"

Sinto a palpitação do corpo, tremores, suores, ele acabou perdendo a voz, está rouco, quase afônico, e conta para o patrão o seu problema, o seu drama inteiro. A impossibilidade de arranjar um lugar para os filhos e a ex-mulher. Dá todos os detalhes. Informa do leilão. E ouve, após breve pausa:

"Infelizmente, não há nada que eu possa fazer. Sinto muito."

Breve tratado sobre os barbeiros

Diziam certo dia a Bahadin Naqshband:
— Você nos conta histórias, mas não nos diz como decifrá-las.
— O que você acharia de um homem que vem lhe vender
frutas e as consome diante dos seus olhos, deixando nas suas mãos
apenas a casca?"
Jean-Claude Carrière

Entrei pisando ora o branco, ora o preto do chão de cerâmica descascada. Do lado esquerdo, uma estante vazada de metal com diversos tipos de chás, aspirina, remédios para constipação, pacotes de "Unha de Gato" e "Baba de Caracol" com nácar. Com nácar, a madrepérola, fabricam botões. Nos fundos, um balcão onde é vendido pão integral e de onde se retiram as roupas, agora embrulhadas, lavadas e passadas, em pacotes uniformes. Em um corredor à esquerda, uma índia vende milho. Grãos enormes e amarelos. Ela explica que lá na sua terra os melhores grãos não são comidos, ficam para a próxima colheita. O milho assim domesticado sempre cresce em tamanho, doçura e sabor.

Volto para o salão. As paredes estão cobertas de quadros emoldurados contendo fotografias, dispostas em quatro linhas horizontais com sete ou oito fotos em cada uma. Todas as cabeças e cabelos mostrados são de loiros e castanhos, lisos e ondulados. Nenhum pixaim. Olhei, distraído, os duzentos e sessenta e quatro modelos de corte de cabelo para homens e mulheres. No meio, uma fileira dupla de cadeiras emparelhadas de costas uma para a outra. Bem no canto direito, a cadeira do barbeiro.

Uma mulher grávida, de jaleco verde água, corta o cabelo de um rapaz, ignorando a minha presença. Não responde ao meu cumprimento. Termina o seu trabalho sem nenhuma pressa. O canto é rústico, sem massa fina; na parede, uma reentrância coberta com uma cortina plástica multicolorida faz as vezes de armário. Diante da cadeira, um único espelho: já mostrou coisas melhores, serve mais para a vigilância do que para verificar o resultado do corte, que é feito automaticamente. Ao terminar o trabalho, limpa o colarinho, as costas e a roupa do cliente com uma esponja de espuma. Ambos têm a pele cor de cobre, os olhos oblíquos e desconfiados. Conversam cantando, em espanhol.

Sento na cadeira, que gira como qualquer outra, mas não se fixa, dando ideia do moto infinito e repetido. A mulher me pergunta como deve cortar. Respondo — 'cero', 'un', 'dos' e 'tres' —, mostrando a máquina e, a cada número, a parte correspondente da cabeça: primeiro a base junto ao pescoço, depois o meio, e, por fim, o cocoruto; distribuo faixas, como as feitas no terreno na época do plantio. Gosto da sensação de continuidade suave, sem quebras. Para me certificar, pergunto:

"Qual é o tipo do meu corte?", confessando minha incapacidade de encontrar no mostruário aquele que descrevi. Ela pega uma revista e mostra na secção de *'peinados juveniles'* o de número seis. Confiro. Surpreso por me descobrir jovem, concordo. Ressalvo que não quero aquele acabamento final, na altura do trópico de capricórnio: deixa uma faixa horrível e artificial no pescoço.

"Ah, você não quer a linha."

"Sim."

Creio que um corte de cabelo é algo simples, e deveria oferecer resultados iguais em todos os lugares. Após algum tempo, o trabalho termina e ela mostra o resultado. Não consigo ver nenhuma semelhança entre o pedido e o conseguido. O inexorável resultado está exatamente igual ao do boliviano que deixara a cadeira ainda quente para eu me sentar. Passo a mão e constato: máquina zero até a metade da cabeça, como a marca do nível pela metade em uma caixa d'água, e a três no alto; deixou-me como se eu fosse um aimará de cabelos duros e claros, rosto avermelhado e olhos azuis.

A grávida não tem tempo disponível. Faz tudo muito rápido, muito eficiente, para logo depois se ocupar de controlar a venda do milho, a entrega das roupas, mal conversa com o filho miúdo que anda por ali, de mãos dadas com um amiguinho, correndo pela calçada e por entre os carros. Aquele lugar me remeteu a um tempo antigo, antes da separação. Havia apenas a fome a ser satisfeita, e a tarefa principal daqueles corpos estava orientada para isso. Não havia abundância, só necessidade. Nenhum objeto original, belo, destinado aos olhos. Só conheciam o útil.

Na esquina entre duas avenidas, faixas brancas cruzam o negro do asfalto. Um menino de Santa Cruz de La Sierra vestido de cores variadas, vermelho, amarelo, verde, está diante de uma interminável fila de autos parados, ao comando do sinal vermelho. Já sabe quanto tempo pode durar a sua função, e para comprovar sua habilidade, atira para o alto, alternadamente, um punhal, uma bola, um pão, e uma tocha, ocupando suas mãos enquanto deixa dois pairando, formando um arco rodopiante de objetos. Na boca, tem uma faca afivelada feito pirata, com o corte voltado para dentro. Está de pé sobre um aparato composto de uma prancha sobre um toco roliço de madeira que balança com os pés, ora para a direita ora para a esquerda.

Me lembro do corte que fiz no oeste da América do Norte, quando fui atendido por uma menina vinda da península de Yucatán. O ambiente era diverso. Cheio de espelhos, claros, límpidos, multiplicadores infinitos da minha imagem, múltiplo silencioso de minhas cópulas. Dentro de uma construção gigantesca, o lugar era inundado por uma fragrância doce, uniforme para todos os lugares onde se praticava o comércio, um aviso luminoso ao olfato: devemos comprar. Composto de alamedas e praças, escadas rolantes, o frio do ar era o mesmo do piso de mármore, falsos os enfeites, as plantas e os rostos. Ao final de um desses corredores, encontrei a barbearia.

Um boneco de plástico lembrava um cacique antigo, com uma faixa hippie na testa. A mesma moça de traços índios, vestida agora toda de branco, asséptica, eficiente e dedicada. Aproximou-se e perguntou como eu gostaria que cortasse os meus cabelos. Estilo reco, foi a resposta. Diante da interrogação no olhar, expliquei com a ajuda das mãos o mesmo trajeto da máquina. Zero, um... Ela titubeou, mas pareceu compreender. Talvez quisesse me dizer que ninguém corta o cabelo daquela maneira.

Fui encaminhado para uma cadeira de dentista, onde me deitei de costas. Antes, enrolaram uma toalha felpuda em meu pescoço e senti um jato frio de água, que se tornou quente e macio como as mãos que manuseavam o couro da minha cabeça. Foi impossível ficar desperto. Fui acordado, voltei para a realidade giratória daquela cadeira. Ela começou o trabalho, pediu autorização para usar a navalha e a tesoura. Assegurou que o resultado seria melhor. Logo se aproximou outra menina e se ofereceu para cortar as minhas unhas. Aceitei com alguma desconfiança. Conversavam muito entre si, a língua era conhecida, mas o ritmo, rápido demais. Apenas o som do espanhol me embalava. As mãos que puxavam suavemente os cabelos e as que pegavam meus dedos de dentro da água morna faziam uma massagem não comprada, mas recebida.

Acordei ao som do pedido de aprovação do trabalho. Olhei primeiro os dedos, as pontas murchas, mas sem cutículas, as unhas sem as pontas, rentes, brilhantes, emasculadas. O cabelo estava macio, curto, mas com um topete suave, a máquina zero não tendo passeado pela cabeça. Apenas a três e a dois. Acima do pescoço, não havia pele à vista, só pelos. O espelho da frente, conjugado com o de trás, mostravam a cabeça de um americano típico. Mesmo sabendo que o resultado duraria até a próxima lavagem, aceitei, e disse — mentindo — que estava bom. Meu cabelo é rebelde: após lavá-lo e livrá-lo de todos os amaciantes, voltaria ao normal, cheio de ondas que odeiam pentes, submetem-se apenas à força da escova que os ataca, com centenas de cerdas ainda mais duras. Logo apareceu alguém para limpar o chão, antes que eu saísse do lugar. Passaram uma escova macia entre a camisa e o corpo, e também nas pernas, para tirar os cabelos. Tudo foi conferido. Ela me informou, orgulhosa, que estava fazendo um curso de especialização.

O menino do farol, triste desde a notícia da morte de Michael Jackson, lê no jornal de sua terra a lembrança do nome do artista para receber o prêmio Nobel da paz. Quer assinar a petição. Basta preencher o formulário pela internet e enviar. Enquanto devaneia, emocionado por ajudar a fazer justiça, o sinal de luz muda para verde, sem passar pelo amarelo intermediário. Ele se atrapalha com o ronco e o rugido, com o movimento inesperado, todos os vendedores se jogam nas ilhas. Para ele, tudo se espatifa pelo chão e a boca fica marcada, como a do Coringa.

Dora Maar

"Bem, agora que nos vimos, um no outro", disse o Unicórnio,
"se acreditar em mim, vou acreditar em você. Feito?"
Lewis Carrol, *Através do Espelho e*
o que Alice encontrou lá, Cap VII

Sentado na posição de Lótus diante da planície, um interminável deserto não fosse o riacho Amele, um quase regato. Diante dele, à beira de uma cacimba, as fieiras de tijolos, arranjadas sobre o círculo perfeito feito à mão livre por Giotto, tempos atrás. Não. Não se serve, para beber, daquela água que caiu do céu ou das calhas, gota após gota. Comida e água não são jamais do rio, mas aquelas dos viajantes que param ao ver a cena, se sentam, contemplam, ouvem as histórias do homem, e alguns oferecem dividir. Emanam do poço gotas translúcidas, subindo por entre o éter no caminho da evaporação. Apesar de microscópicas, vemos dentro delas, quando as observamos com atenção, seres animados e inanimados.

Em seguida, descreve uma tela de cristal com páginas de palavras fotografadas. Chama a atenção dele e lê: "Poço. Terra profundamente cavada em redondo e guarnecida de pedras, donde a água, ainda que manancial, como a de fonte, não corre, e ainda que parada, como a da cisterna, não mendiga dos telhados as gotas que caem, mas na sua própria prisão tem todo o seu cabedal. Cavar um poço na margem de um rio, era o adágio com que os Gregos significavam necessidade de quem faz qualquer obra inútil, e supérflua. Brigar com cães em um poço, era outro adágio, com que também os Gregos significavam o trabalho de quem lida com gente impertinente, de que se não podem desembaraçar. Poço. *Puteus.*"

Os homens são os que sobem mais rapidamente, quase sem tempo de parar a não ser que vejam aqui algum comerciante e, sendo assim, sempre encontrarão tempo para fazer negócios. A parada se chamará, doravante, amizade. As mulheres, ao subir, giram o pescoço em torno do tronco buscando alguém, e conseguem, como os peixes, controlar melhor a velocidade de subida ou descida, não raro atraídas por alguém naquele estranho oásis: pela pose, companhias, aparência ou algo inexplicável. Dizer que o asceta é ouvinte e observador minucioso? As crianças sobem num ritmo errático e frenético, seu percurso lembrando o das moscas varejeiras, com súbitas alterações na rota e ao final ficando paradas, imóveis no ar por segundos, sem aviso prévio. Os animais vêm de ordinário, seja dia ou noite, e são de vários filos, cordados domésticos ou selvagens. O contato é para os domésticos uma proposta de troca, da caça pelo abrigo; para os demais, a visita é furtiva, solerte ou parasitária. Passam agentes de toda ordem, e inanimados.

Tamás Tomek, este é seu nome, contou dos viajantes que conheceu. Até hoje, nenhum conseguiu ver as bolhas, nem subindo, nem descendo, e muito menos objetos, sequer a cisterna. Quando descreve a situação, os viajantes parecem se incomodar com aquela insanidade, e, depois da refeição, raramente a história conserva fôlego para uma segunda rodada; eles se vão, meneando a cabeça, exibindo um sorriso de canto de boca, mas com uma rapidez sensível aos olhos.

Enquanto conversa com os visitantes, ele explica, também faz contato com os que estão naquelas ampolas. Prefere os de língua estrangeira pelo contato duradouro, fruto do tempo que levam para ajustar o diálogo, o fôlego e a compreensão, para além do som e do tom. Em especial os marroquinos, que falam árabe, francês, inglês e espanhol. A conversa passeia por todas as línguas. As palavras são escolhidas com a ajuda de uma sintaxe particular do momento, às vezes com simples gestos. Conta histórias dos animais domésticos: são os mais afáveis, sempre nos julgam úteis ou benéficos (...um deles estava a jogar pôquer, e sempre ganhava do homem. Uma mulher, ao observar a partida, disse: "o cão joga bem, mas não é perfeito, balança o rabo quando tem boas cartas"). Há relatos de outros organismos, que agindo como as artimanhas da noite penetrando as artimanhas do dia e após invadir as células de seu corpo, se espalharam feito o fogo original e criador, replicaram-se e se alimentaram do próprio calor até encerrar seu ciclo; deixaram-no com uma coxa de prata, que ainda não teve oportunidade de mostrar a ninguém.

Ele, o só, apresentou-se como sucessor de Dora Maar, a façanhuda, que conseguiu a proeza de viver dentro de um desses globos, por muitos anos, com um espanhol que pintava a dor, e que quase não se sentava mais aqui, a não ser por alguns momentos em que as paredes de sua partícula de névoa se rompiam. Mas, graças à sua habilidade extraordinária, o ambiente se regenerava e ela conseguia entrar e sair repetidas vezes sem destruir aquele equilíbrio instável, um etéreo labirinto.

Ela conseguira o primeiro ingresso manejando com a mão esquerda seu canivete aberto e pontiagudo, mostrando a lâmina saltitante e rápida por entre os dedos abertos da mão direita, vestida com as rendas da mitene e deixando de fora as unhas rubras. Nem sempre acertava a mesa, e se magoava. Chorava. O homem que se tornou seu e a observava atentamente se aproximou, pediu a luva manchada de sangue como presente e disse: "Foi uma linda exibição e um belo gesto."

Aqueles que falam a sua língua têm um contato mais fácil e eficaz, parecem compreender os assuntos com maior clareza. As palavras são jogadas de lado a lado, num jogo que adquire velocidade e fluência como uma promessa de felicidade, ofertada pelo pingue-pongue. A promessa é o convite para dentro da bolha.

Lá dentro, tudo é mais faiscante, como cristal sob a luz, até o instante em que o homem utiliza a palavra proibida. Foi dita. Terminado o impulso de ar no pulmão, após percorrer a faringe, passar pelas cordas vocais, atravessar a boca e atingir o ar exterior, soa como a palavra de Poe, bate na parede e estoura. É a ponta que rompe a bolha e cria estrelas, e somente estrelas, e continua levando quem, ou o que estava dentro dela. O observador volta a seu posto à beira do buraco: o centro da cena não pode contê-lo. Foi o que ocorreu com Dora em determinado dia.

Depois disso, Tamás quedou-se ali observando, até encontrar a mulher que o possuiu. Passava bem longe, enigmática. Ficava em seu ambiente, calada, não tomava conhecimento dele. Não se aproximava, nem subia ou descia; tampouco conversavam. Ela apenas mostrava seu corpo, seus homens, seus amores. Esqueceu-se de tudo para olhá-la. Encheu o peito. Usou uma tesoura para magoar seus dedos, sem sucesso.

Lastimou sua mão, mas a dor causou prazer. Forçou uma aproximação, até que um olhar autorizou sua entrada. Sentaram-se frente a frente. Joelho contra joelho. Ela cobriu seu corpo com um tecido fino e ofereceu-se. As mãos de Tamás se aproximaram, hesitantes, e a milímetros de distância da pele pararam, trêmulas, suadas. Não houve propriamente o tato, apenas a impressão, a sensação dele. Foi emoção suficiente. A ansiedade para usufruir daquela felicidade o inundou como um vírus; se alastrou arrastando tudo dentro dele, remexendo líquidos, fluídos, acelerando a corrente sanguínea; atingiu uma velocidade alucinante, o calor o queimou até a ebulição e buscou, desesperado, um canal para sair. A corrente se fez fluxo e escapou para o mundo exterior, borrou, espirrou; empurrou para adiante o oceano, piracemou. Ela percebeu o que havia acontecido e disse: "Amor é isso. Agora você já sabe tudo o que deveria saber." O ambiente se estilhaçou. Ele saiu violentamente. Apenas se lembra de que abriu suas veias em uma bacia de água morna.

Conheceu Philippe Petit, e pensa agora em convidar o equilibrista para ocupar seu posto. Não o quer mais, vai se fundir na areia, desaparecer. Uma nova era será inaugurada. Petit não mostra seu pensamento por meio de palavras, mas de atos. Assim como o jogador profissional de cartas, ele não fala, apenas joga. Demonstrou seu equilíbrio sobre um fio, distante quatrocentos metros do chão; o atravessou oito vezes e se deitou sobre ele. Apesar do vento, do frio, do perigo. Milhares de pessoas avistaram a figura sobre uma linha invisível, entre os dois edifícios que não existem mais, lembrando a cauda de um cometa. Naquele momento ele emitiu o mesmo tom, a mesma irradiação sonora de cada planeta do universo. Fez parte da musica das esferas. Tudo estava com ele, tudo se equilibrou. Não mais havia desencontro, e foi apenas por um instante. Ele não sabia o porquê, mas sabia como.

Calcas, filho de Testor, de longe o melhor dos adivinhos.
Todas as coisas ele sabia, as que são, as que serão e as que já foram.
Guiara até Ílion as naus dos Aqueus, graças aos vaticínios
que lhe tinham sido concedidos por Febo Apolo.

Homero, *Ilíada, Canto I, 70*

TARTÃ

Se pudéssemos ver o homem, o entenderíamos.
Erwin Maack, *apud* Jorge Luis Borges

Ascídio desce a escada que ascende do subsolo. Perna esquerda mais curta e braço esquerdo mais longo. Trabalha lá embaixo. Gosta de comer ouriços do mar, sempre diz que são parentes, mas o parentesco é distante, não é canibal. Tampouco se considera um marciano, talvez uma deformação de estrela marinha. Queda-se lá, mesa cheia de papéis que passam, param e tomam outro destino. Guarda alguns sem mais serventia para suas anotações. Dentro do gabinete, resta como paisagem, enterrado em uma pedra submersa, apenas aparecendo em festas e reuniões muito concorridas. As tarefas para as quais foi contratado terminaram; entretanto, sua movimentação constante, sua atribulação aparente e seu ar sempre ocupado simulam sua indispensabilidade.

Em tempos passados, usou um boné pensador, chamando a atenção sobre si de maneira inconveniente. Todos o olharam e viram algo que o conduziria à morte. Pessoas desconhecidas, tendo ouvido falar do chapéu, vieram vê-lo; não assim, frente a frente, mas, arranjando algo para fazer no departamento, o olhavam de soslaio. Ascídio compreendeu, então, o destino dos olhados em demasia.

Todo examinado é uma cópia fiel do examinador. É a si próprio que o outro vê. O chapéu é um acumular dos ódios alheios. Teve apenas um amigo no passado, já distante, um escritor. Depois dele, seus amigos passaram a residir no futuro. Não conheceu, ao longo da vida efêmera, outro alguém que o olhasse para compreendê-lo, pensar sobre diferenças. Considerava-se um ponto fora da curva, desprezado para efeito de análise ou consideração. O raciocínio lhe deu segurança, e foi assim que deixou de usar o chapéu.

Consultou um ortopedista. Queria saber se havia alguma maneira de tratar o crescimento ímpar de seus membros. Sonhava em ter um aspecto normalizado. Foi atendido pelo assistente do Doutor Nicolau Capote, tirou suas roupas e deitou-se na maca do médico. O assistente apalpou, examinou, consultou os reflexos por todo o corpo, perguntou sobre sua ascendência, seus hábitos, analisou todos os exames de laboratório pedidos preliminarmente. Passo a passo, passou suas impressões ao doutor Capote. Este, de repente, levantou-se e fez algumas considerações a respeito dos resultados. Uma pergunta ou outra, e deu seu diagnóstico. O mestre mandou, e disse bem: coloque um salto maior no pé afetado e mande fazer suas roupas sob medida; ninguém notará.

Mesmo insatisfeito com o resultado, conformou-se e seguiu sua vida. Encontrou um galego residente no Brasil há muitos anos, alto, gordo, calvo, claro e sardento, um negro faiscante no olhar curioso e um ligeiro tremer de mãos, adorador de tangos, dançarino desde moço; aprendera a costurar e fizera seu primeiro terno em linho 'cento e vinte'. Altivo e formal, conheceu em um baile aquela com quem se casaria e se apaixonou. Pediu a ela autorização para ir ao seu último carnaval sozinho. Autorizado, se esbaldou, e nunca mais foi boêmio. Só alfaiate.

Combinou com ele o preço, a forma de pagamento. Fez provas intermináveis, onde o alfaiate descrevia as gravações de Gardel do seu acervo de discos de setenta e oito rotações — gabava-se de ter a maior coleção da América, jamais tivera conhecimento de outra que lhe chegasse aos pés. Experimentou o conjunto e percebeu que a perna esquerda da calça estava mais longa e o braço esquerdo mais curto. Olhou para o outro e disse:

"Está fora das medidas, senhor Salvador."

"É, mando fazer a calça em um calceiro, e o paletó é costurado pela minha mulher. Talvez ambos tenham pensado que me enganei nas medidas. Deve ser isso."

Ele amarra e desamarra seus sapatos pelo menos uma vez, todos os dias. Os cadarços não chamam a atenção, auxiliam e atacam seus furos, sem reclamo ou exigência; estão sempre lá em seu lugar, semiprontos para o dia seguinte. Certo dia, o ourelo do pé esquerdo se racha, o capuz cônico e brilhante vai dia após dia se desfazendo. Logo pensa em trocá-lo por outro mais novo. Passa a requerer mais atenção: deve juntar primeiro os fios da ponta, agora soltos, numa forma afilada, para depois penetrar o buraco do ilhó da aba esquerda, que cobre a lingueta, e preparar o laço final. Ao mesmo tempo, passa a olhá-lo com desvelo, concluindo não ser justo atirá-lo fora pelo problema no cabeço. Ainda serve, além de evitar jogar fora o outro pé (a compra é sempre feita aos pares).

Amarrar os sapatos tornou-se agora uma tarefa cuidadosa e demorada, não mais automática. Cria uma escultura instantânea e fugaz dos fios, longitudinais e transversais; cada um forma uma estrutura, o urdume ou urdidura, este último a trama; juntam-se em duas pontas agudas e passam perfeitamente para o outro lado, quando se encontram no laço final. Olha cuidadosamente para o calçado e descobre a alma dele, assim como o atacador. Uma síntese. Durante um bom tempo, esculpe todas as manhãs. Um dia, um dos fios fica mais comprido que os demais, se estica à frente colocando o pescoço de fora, talvez um ato de rebeldia, pela torção constante que passou a sofrer. Ele o puxa para fora e o corta com as unhas.

No dia seguinte, andava por uma calçada quando alguém que o acompanhava parou, se abaixou e puxou um fio que aparecia e se arrastava sob a barra da calça, fazendo-lhe o favor. Chegando em casa, Ascídio percebeu. A trama estava desfeita até o meio do cadarço, que agora se resume a uma rama de fios soltos até a metade. Antes de jogá-lo fora, amarrou o pé esquerdo com ele pela última vez, apenas até o penúltimo dos ilhoses.

Folheando o jornal, uma notícia de falecimento lhe trouxe à lembrança, vinte anos depois de sua morte, a presença quase física do amigo, que se exilara de sua terra natal vivendo grande parte de sua vida em uma remota ilha na Ásia. Escrevera apenas sobre o futuro, o passado servindo para mostrar suas várias probabilidades. O presente era para o mergulho e as crianças. Essa ilha, e sua Grande Barreira de Coral, davam-lhe beleza, o mar tirava-lhe a força da gravidade e ele flutuava, olhava as semelhanças, as diferenças, no silêncio absoluto de eras anteriores ao próprio homem. Vira e compreendera como funcionava a natureza, sem intermediários. Acreditava que mar e espaço se confundiam. Costumava dizer que deveríamos não acrescentar anos à vida humana, mas, vidas aos anos que faltavam. Já vivíamos o suficiente.

Naquela noite, sonhou com corais, cores, azuis, profundezas. No dia seguinte, ao se aproximar do trabalho, deu uma esmola a um velho, e ouviu a pergunta:

"O senhor é inglês ou americano?"

"Por quê?"

"É o seu paletó."

Dança Ritual Urbana

Caboclinho, primeiro movimento

Ezequiel era assíduo em um bordel onde as meninas se vestiam de comissárias de bordo: o uniforme justo e moldado ao corpo era uma embalagem a vácuo, e os homens enlouqueciam com os trajes, trejeitos ou rejeitos. Destacava-se um cliente cego, que exigia o conjunto da Alitália para atingir o máximo prazer. Corria o boato de que possuía onze penes.

Dali veio a ideia: colocar rapazes trajados de comandantes para vender cortes de cambraia, tweed, lã e linho. Escolhia um determinado tipo de cliente. Estudava seu comportamento enquanto fazia as primeiras vendas. Selecionava tecidos baratos, adicionava uma história triste à vida do vendedor e vendia tecido e história, como se os tivesse trazido da última escala. As rotas: Milão/ São Paulo, Berlim/ Rio e Paris/ São Paulo. Condoído pela história e vendo a oportunidade de fazer um bom negócio, o cliente ocupado, cobiça à solta, era missão cumprida, venda feita. Explorar este sentimento é muito lucrativo, e é fundamental ser um bom ator: Teatro do Comércio.

Depois passou a vender imóveis perdidos pela cidade. Conseguiu um contato na prefeitura para obter informações sobre terrenos com dois proprietários pagando impostos. Comprava documentos de identidade de pessoas homônimas a um dos donos, e pronto: colocava à venda por um preço entre trinta e quarenta por cento abaixo do mercado. Choviam compradores. Revelava pessoas e criava propriedades.

Para os clientes das feiras da cidade, possuía artigos de menor valor e muita qualidade. Tijolos com dinheiro, bilhetes de loteria, alianças. O tijolão era o fascínio, tinha a maior aceitação. Colocava uma nota de um dólar por cima, outra por baixo, e um maço de papéis cortados no meio, tamanho e peso calculados, pacote fechado, amarrado, fazendo marca, desanimando a abertura. Para venda do bilhete era indispensável o jornal do sorteio. Comprovava-se que o prêmio se extinguia naquele mesmo dia, coisa urgente, fácil e rápida. Não requeria prática ou habilidade. Lógica pura. A aliança era o produto predileto. Com o certificado de garantia feito em gráfica de confiança, mostrava-se a peça, pesadíssima, de ferro, revestida com verniz dourado à prova de unha. Atingia sempre o melhor preço: cem reais (custo: dois).

Nas feiras são contadas as melhores histórias, de amor, traição, morte, perseguição, cobiça e castigo. Quanto maior a desgraça, maior o prêmio. Mediante um bom lucro, a história condói a todos com algum dinheiro no bolso e alguma necessidade imediata. Montou uma equipe amiga e profissional ao longo do tempo, todos atuando sob cerrada supervisão. Era muito detalhista. O requisito principal era o rosto, ferramenta de trabalho, confiável, amistoso. Custeava todas as despesas e do resultado bruto, ficava com quarenta por cento. O vendedor ficava com outros quarenta e vinte por cento eram destinados ao departamento jurídico.

Ezê pertencia a uma antiga tribo de judeus caraítas; de sua crença ancestral, guardava no peito apenas o horário de Jerusalém; estivesse onde estivesse, aquele era o seu. A aversão pela idolatria o transformara num ateu. Não teve sorte com as mulheres. Escolheu duas esposas. A primeira sentia orgasmos apenas quando escovava os dentes, independentemente do tamanho da escova, um mistério. A outra, pela força do pensamento e durante o dia. À noite, estava cansada demais para tentar pela via tradicional. Diante do duplo fracasso, resolveu viver só. Recolhia as crianças doentes e abandonadas, em estado terminal, com até três anos de idade; e os idosos no final da vida, retirados da rua. Acolhia também os cães famélicos, sarnentos.

Formou uma equipe para ajudá-lo e com ela consumia o seu rendimento: foi a sua maneira de encontrar o amor. Tanto nas crianças, que amam sem qualquer condição, extravasando amor da maneira mais grácil que se pode imaginar, como nos idosos, que via como crianças engelhadas. Os vizinhos próximos criavam sempre problemas, alegando que os cães latiam e atraíam outros animais, reclamando da algazarra das crianças e do mau cheiro dos velhos, dos cães e talvez dele mesmo.

Dança de rua, segundo movimento

David formou-se em jornalismo a pedido dos pais. Não sabia, ao se matricular, qual a sua vocação. Até hoje não a encontrou. Homem de poucas palavras, ensimesmado, passou o curso todo, dez semestres, sem fazer amigos. Os contatos cordiais, diários, não representavam nada. Não agradava ninguém. Uma ilha sentimental. Simplesmente não compreendia aquela alegria toda, a vantagem de se viver a vida sorrindo, estourando emoções esfuziantes, batendo nas costas dos outros, jogando bola e contando piadas. Não via a menor graça nisso. Foi considerado esnobe: "Rico não gosta das pessoas, sente-se superior."

Em casa, discutia-se muito o valor do dinheiro. Ele, não. Apenas ouvia, orçamento baixo e contado. "Economia é a base da prosperidade." Economia, sempre. Prosperidade? Jamais. Se excluirmos as conversas utilitárias, os pais não conversavam entre si. Ambos trabalhavam. David não conseguia dar valor ao dinheiro, não tinha ambição alguma. Pouco era suficiente; tentou trabalhar em diversos lugares, o ambiente sempre lhe parecia hostil e degradante. Um odor insuportável de azoto. Gás mostarda, em baixa concentração, vazando de algum lugar.

Todas as relações entre as pessoas eram tóxicas, mediadas pelo dinheiro. Via apenas valor de troca: alguém queria algo de alguém e fazia amizade para conseguir. Agora, estava adernado em um jornal. Só fazia pesquisa. Não conseguia ganhar a rua. Fazer uma reportagem? Não, não era um anseio, o de escrever. O desejo era mesmo ganhar a rua, se livrar daquele cheiro insuportável. Como na faculdade, tampouco fez amigos na redação. Sentia-se só. Usava constantemente um boné com a pala baixa, cobrindo os olhos e metade do rosto. Sua vida era ler (odiava) e pesquisar (também). Olhava com asco os carrões dos chefes na garagem.

Guardava praticamente o salário inteiro. Sua história poderia ser resumida em dois grandes momentos: dois assaltos. O primeiro ocorrera ainda criança, saindo da escola, de tênis novos. Dois meninos o ameaçaram com facas e levaram seus tênis e toda a roupa. No segundo, anos depois, estava em um ponto de ônibus voltando da faculdade; teve o dinheiro do bolso levado, uma arma apontada por dentro da jaqueta. "Sou trabalhador como você", se lembra de ter dito. Sentia uma tremenda raiva, fora ultrajado, humilhado ao passar por isto. Teve medo e vergonha, não conseguira reagir. Afinal de contas, tinha tamanho para isso. Mas sua autoconfiança se esvaia pelo ralo de sua vida. Dedicara sua existência a satisfazer os pais, não queria satisfazer a mais ninguém.

Esquecera-se de si próprio. Tinha apenas a posse de sua raiva. O cinismo crescia, dia após dia, era o emblema que o segurava à beira daquele ralo. Não queria vê-lo por dentro, olhava apenas para fora. Apesar do tédio, enganava a dor. E doía muito. Lembrava-se também do último ano da faculdade. Fora assistir aos jogos universitários com alguns companheiros do tempo do colegial, hoje advogados, administradores, todos trabalhando e fazendo carreira: uma agitação extraordinária para ele, não estava acostumado. Tomou muita cerveja e apagou. Lembrava-se de algumas meninas, das toalhas molhadas, corpos nus, mas a lembrança era vaga. Apagou por dois dias, e acordou com muita dor de cabeça, um gosto de chumbo na boca. Um colega de classe perguntou se ele queria outra mais, para arrebentar na festa: "Não, obrigado."

Percebeu que tinha tomado alguma coisa, e seu cinismo explodiu em pânico. Voltou o mais rápido que pôde. Sabia agora que todos, sem exceção, eram cúmplices. Transavam drogas, e ele participara de um ensaio geral. Fora abduzido. Fez ligações entre as conversas ouvidas na sala, se lembrava dos gestos, dos sinais. Havia um complô. Comunicou aos pais e ficou uma semana sem sair de casa, se preparando para o golpe que o haveria de atingir, não sabia de onde.

"Você sabe o que é esperar algo, sem saber de quem, de onde, quando? Você tem a menor ideia do que é isso?" Se lembrava de terem lhe perguntado onde morava, qual o andar. Seria um assalto, viriam roubar novamente. Levou suas coisas para a casa de um parente próximo, de confiança. Não precisou explicar nada. Pediu um lugar para guardá-las no depósito da casa, levou um cadeado e trancou tudo. E esperou.

Nada. Esperou um flagrante de estupro ou uma acusação de uso, consumo e tráfico de drogas. A dor foi aumentando, a culpa por frequentar uma festa como aquela. Não ganhara nada, sempre estivera certo. Nunca gostara de ninguém e muito menos de si. Pensou na irrelevância de tudo. Nada mais fazia sentido. Largou o emprego. Comprou uma arma. Pensava em vagar por lugares onde não era conhecido, encontrar pessoas solitárias em lugares ermos e matá-las. Uma por uma. Sem nenhuma lógica, a esmo. Não havia erro. Não queria ser alvo de policiais. Um dia aqui. Outro dia ali. Não pretendia justiça. Não procurava bandidos. Procurava solitários, gente como ele mesmo.

Conhecia uma jornalista que escrevia sobre personagens dos bairros da cidade. Casa Verde, Santo Amaro, Freguesia do Ó, Vila Olímpia, Jaguaré, Capão Redondo, Jardim Europa, Vila Carrão, Vila Matilde, Cidade Ademar, Cidade Tiradentes e Centro. Dava nomes, narrava coisas pitorescas. Iria a um bairro daqueles e escolheria alguém, sem testemunhas, uma só bala. Para isso, fez um curso de tiro. Tinha boa visão e mão firme. Foi aprovado com louvor.

Não sentia nada por ninguém. Tudo o que sentia era raiva. Mais nada. Uma raiva difusa, sem direção, contra o seu semelhante, contra si. A raiva, aos poucos, daria lugar à confiança e a dor, quem sabe, se extinguiria. Não o incomodaria mais, não teria mais que frequentar o psiquiatra. Afinal, aquele imbecil não falava mesmo, só dava um remédio: "Sossega leão, doutor?" Transferência. Que nada. Mandar todos para o inferno.

Viveria junto aos pais para sempre. Pronto. Passava as noites imaginando o roteiro, os cuidados que teria que tomar para não ser visto. Passeou pelos bairros todos. Lia a crônica e vagava pelo bairro de manhã. No outro dia, à tarde. Ou à noite.

WabiSabi, terceiro movimento

Ezê descobrira na dança a maneira mais sutil e eficiente para compartilhar sentimentos. O gesto trai menos que a palavra: vago, mas definitivo, aberto à interpretação que você precisar. Após assistir ao espetáculo, saía flutuando, esperando encontrar um amor e lhe contar.

Acabara de ver Susana Yamauchi no Teatro da Dança e saíra dali andando, ainda sobre as nuvens, pela Avenida São Luís: "Ao nascer, ele entra no reino dos sonhos apenas para despertar para a realidade na morte. Tempera o próprio brilho de modo a se fundir na obscuridade alheia. Ele reluta como quem cruza um riacho no inverno; hesita como quem teme a vizinhança; é respeitoso como um convidado; trêmulo como gelo prestes a derreter; despretensioso como um pedaço de madeira por entalhar; vazio como um vale; disforme como águas revoltas." Para ele, as três joias da vida são piedade, parcimônia e modéstia — Kakuzo Okakura.

(...os tempos que correm ensinam a mirar o próximo. Jamais temos tempo ou disposição para mirarmos a nós próprios. Perdemos a capacidade de nos extasiarmos com os nossos sentidos, uma capacidade despertada em mim ao ver centenas de pétalas vermelhas derrubadas no palco, caídas da cerejeira de minha mente. A imagem do outono veio súbita. Surgiu a chegada do inverno através das mudanças de luz tornando o vermelho em prata, algo imperceptível, mas revelador. Lembrei-me desta manhã, ao sair de casa, da árvore tomada pelo mesmo tom de vermelho. Me acudiu como amiga, me explicando o wabi sabi. Mas tais reminiscências não estavam solitárias. Incluíam as mãos e os gestos da artista, a complexa interação entre permanência e impermanência tornada dramática pela súbita transformação de um corpo em dois. Sobre os ombros, as máscaras ocupando um só corpo, todo feito de frente, sem as costas, um de face alva, outro de face rubra, nos confundindo, fazendo-nos esquecer o eu, se comportando de forma a indagar em qual rosto deveríamos nos reconhecer. Talvez fossem a mesma pessoa, segundo a tradição do Nô, o monge de face bárbara indicando um roteiro para a imóvel, branca face do ser. Do palco se esvaía uma névoa, nos convidando para um mergulho naquela água em partículas, e mergulhados observaríamos. Os elementos naturais do vento feitos gestos me estremeciam, como se eu estivesse sendo golpeado. O frio, a caçada aos animais, o rio, todos mostrados com brevidade e leveza, entremeados com a cerimônia do chá. O rico quimono branco ritual, deixando à mostra as mangas, dava um tom erótico ao movimento; e os cabelos da cortesã que jamais tinham sido cortados, enfeixados por uma faixa vermelha, sinal de que haviam viajado por mil anos, me transportaram ao período Heian, ao tempo em que se respondia uma poesia com outra, completando e ampliando o seu significado, ao tempo em que não se olhava nos olhos de ninguém do sexo oposto, e em que as mulheres ficavam protegidas por pequenos biombos. O suave movimento das mãos mostrava como se raspava a pedra de chá, tudo preparando o espírito para a culminância do ato de amor, praticado com ductilidade centenas de vezes e dotado de uma harmonia e de um senso de fragilidade que eu acreditava perdidos para sempre, relegados ao código genético do Dodô. Ela ressurgiu no palco, com um entrelaçar de mãos que jamais esquecerei. Um traje negro poderia ter sido o trágico fim daquela história, mas isso não importa. Passeei por todas as sensações inexploradas, e as percebi apenas esquecidas. Elas me revelaram. Para se entrar no recinto onde o chá é preparado, toma-se um caminho levemente tortuoso, preparando o espírito. A roupa flamejante em preto e vermelho me alertou, durante a cerimônia, para que eu pudesse ver a impermanência. Que torna tudo mais belo. Fugidio. Sei. Não consegui compreender tudo, mas consegui saber mais de mim do que em muitas e muitas leituras. Onde o nada me tocou, me marcou.)

A avenida está deserta. Anda com um pé na calçada, outro no leito, para meditar.

Nono dia do mês de Av, finale

David caminhava pela Avenida São Luis, próximo ao teatro. Passou por um bar e ouviu: Deixe-me ir preciso andar/ Vou por aí a procurar/ Sorrir pra não chorar/ Deixe-me ir preciso andar/ Vou por aí a procurar/ Rir pra não chorar...

Chegou ao máximo do desprezo por si mesmo. Acarinhava a arma a todo instante, como se estivesse testando a possibilidade dela também o abandonar. Queria encontrar um caminhante solitário, precisava dar fim àquele sofrimento. Sempre achara o samba um tédio; a poesia daquela música chamou sua atenção, agarrando seu casaco como se tivesse braços.

Convém aos felizes ficar em casa

(Enrique Vila-Matas, em *Suicídios exemplares*)

Cultivo algumas plantas, flores e arbustos nos fundos de casa: capim barba de bode — por dois motivos: sem capim não poderá subsistir a espécie humana; cuido, assim, da minha cota, e pelas flores que são lindas —, lobélia, por suas flores miúdas e de azul intenso, estévia (posso adoçar o chá preto com um galhinho seco) e a minha predileta, a orquídea borboleta, cuja flor atrai borboletas e pássaros. Todo dia coloco algumas frutas para alimentar as aves. É meu espaço verde e amistoso.

O dia está fresco e agradável, o sol apontando na linha do horizonte. Enquanto me perco admirando as plantas, ele aparece como uma gema.

Sou corretor. Pesquei um grande negócio. Recebi o nome de uma pessoa interessada na compra de uma grande casa, o presidente da companhia encarregara a secretária da tarefa. Ela me perguntou, gentil e afável, qual o valor a ser recebido em caso de sucesso. Concordamos. Encontrei algumas opções e as ofereci. Estávamos prestes a fazer o negócio quando recebi o telefonema de um antigo amigo.

A amizade sólida exigia que saíssemos para jantar regularmente. Ele também é presidente de empresa, com conexões internacionais. Se colocou à disposição para me ajudar no atendimento ao executivo. O pai dele, banqueiro, homem de muitas relações, deixou como herança, além de uma bela fazenda e outros bens, essa rede de suporte social que antes se chamava rol de amigos. Os filhos deles frequentam a mesma escola.

É uma operação triangular. Ele, amigo de meu cliente e meu também, poderia perfeitamente ajustar tudo: são os dois catetos, e eu, a hipotenusa. Me pediu para informá-lo do preço de mercado de vários imóveis, para comparação. Felizmente, o melhor de todos foi o que apresentei.

Essas compras são demoradas, as negociações complexas, as pessoas envolvidas titubeiam, ficam inseguras; o valor envolvido é fruto da economia de muitos anos, há muitos riscos envolvidos, mas acabamos por negociar um preço ainda menor. A redução final só foi conseguida após um abatimento no valor do meu cheque. Geralmente, para fazer uma redução de preço, o cliente exige a minha solidariedade. Eu não consigo recusar.

Hoje, devo enviar os documentos aos advogados. Meu amigo faz questão de levar e vem ao meu escritório para apanhá-los. Durante a conversa, fala em dinheiro. Quanto ele receberia por ter me ajudado tanto?

"Bem", titubeei, "não posso pagar muito, já paguei pela indicação do nome dele e reduzi o valor da comissão, você sabe como é, não?"

"Sei, sim, mas cada um sabe do seu problema. Quero a metade do valor para mim, também tenho meus compromissos, e não posso trabalhar de graça."

De nada adiantou qualquer ponderação. Ele *preferia* que o negócio fosse realizado por alguém mais *compreensivo*.

Meu vira-latas se chama Giggio. Adora companhia, e talvez por esse motivo seja afastado do nosso convívio pela minha mulher. Ela detesta o cheiro do animal que, segundo ela, se espalha pela casa. Sendo assim, fica confinado nos fundos. É muito expressivo, seu latido tem diversas variações, é quase uma fala, dependendo do ouvido disponível. Existe nele um dispositivo que dispara de vez em quando. Isolado, sem que ninguém lhe dê atenção, algo se enche dentro dele. A partir das seis da manhã, começa a ganir, latir, grunhir e gemer em diversos tons, sem muita altura, mas com intensidade suficiente para demonstrar insatisfação, sem incomodar. E lá ficam, ele e as fungadas prolongadas que passam pelo vão debaixo da porta. Gera uma compaixão enorme, mas a casa segue no ritmo normal de toda manhã. Abro a porta, deixo que ele morda um pouco meu calcanhar, sorria pelo rabo e dê alguns pulos. Divido com ele minha fatia de mamão e vou trabalhar. Deixo a casa em silêncio.

Um faxineiro trabalha comigo por um salário mínimo, uma figura pequena, escura, os olhos ávidos numa face mal barbeada, coberta de cerdas cerradas, grossas e lutando uma contra a outra; partindo em direções contrárias, cobrem todo o seu rosto, até abaixo dos olhos, como se o defendessem de algum ataque. Calças cambaias por muito uso, com vários vincos horizontais em leque nos joelhos e virilha, cobrem suas pernas tortas e encolhidas. A camisa perdeu sua cor original, o padrão parecendo ter sido um xadrez, resultante da briga entre o marrom e o negro. Um pequeno chapéu amassado, com uma aba minúscula, lhe coroa a cabeça, cobrindo, envergonhado, o monturo. Sua imagem lembra-me um torrão.

Vive só com a mulher. Do seu salário, não gasta quase nada. Mora de favor, come pouco e acha boa a comida da companheira. Guarda, coleciona seu dinheiro. Seus colegas vivem sua felicidade no dia-a-dia. Ele, não. Empresta a juros tudo o que ganha, e só o faz para os colegas próximos, para poder receber. Tem muito medo de perder suas notas. No dia do pagamento, faz a coleta. E guarda. Abriu uma conta no banco, venceu a vergonha de não saber escrever, a não ser por desenhar o nome. A poupança lhe rende algo mais sem precisar trabalhar.

Um dia passou mal. Dor aguda, tontura. Levaram-no para o pronto socorro, apendicite. Foi marcada cirurgia para dali a três meses. Fui avisado do caso e pedi ao sistema de saúde uma antecipação, pois o caso era urgente.

Ao telefone, o advogado do comprador pergunta se conheço aquele vendedor.

"Sim, conheci na negociação. Está vendendo o imóvel para receber o dinheiro gasto na educação dos sobrinhos. É o tutor do casal."

"Pois, então. A moça matou o próprio pai, que era o dono da casa. Você não lê jornal?"

"Sinto muito, mas não liguei o nome à pessoa. Afinal, isso não tem muita importância. A casa está em perfeitas condições, foi revisada e analisada com muito cuidado. Não pertence à filha, mas ao tio dela. Seu cliente é estrangeiro, morou no exterior, não se preocupará com isso. Estou certo."

Almoço com meu filho, depois de muito tempo sem o ver. Tentamos nos aproximar, falamos banalidades, a comida não é boa. Ao sair, sou abordado por um homem, parecendo bêbado, que me diz:

"Estou com fome. Quero comer, porra!"

"Não tenho trocado."

"Como não tem?"

"Não tenho. Cai fora."

Cheiro ódio saindo pelos poros.

Recebo, ao final do dia, o telefonema da secretária dizendo-se muito decepcionada com o meu comportamento. Não permitirá que o patrão more em um local daqueles, com aquele estigma. Eu deveria saber que a casa é impossível de ser vendida.

"Mas a casa não é..."

Volto à tarde, quase noite. O sol já desaparece. Preguiçoso, me sento numa poltrona. Diante de mim, duas vias de estrada, mais além o terreno sem acidentes de um amarelo profundo e ondulante, nenhuma planta para refrescar a visão. Asfalto, pedra e areia.

Primeiro, o sax executa todas as linhas melódicas doces, através de um arranjo repetitivo em ritmo rápido e amolecido, cantando as sílabas pronunciadas com o clarinete e agora as cordas fazendo trio. Rascam ao fundo as palhetas sobre os pratos da bateria. Depois da primeira declamação, entra a segunda com a voz de Billie, clara, terna, adorável, refrescando o entardecer, o calor excessivo e cansado — *With each word your tenderness grows/ Tearing my fear apart.../*

And that laugh that wrinkles your nose/ It touches my foolish heart —, tornando o cenário digno daqueles filmes antigos onde tudo termina bem. Para não expulsar os vivos, medrosos, através das janelas de primeiro andar.

Sopra o vento empurrando uma esfera vegetal e voante, a salsola, planta que o vento não enlouquece, ao contrário dos humanos: passa e se aquieta em um banco à minha frente, indiferente ao melhor olhar.

Gibran Kahlil Gibran

Jacqueline nascera sob o signo da independência e da alegria. Vivia só, cuidava bem de sua vida. Morava em um cômodo pequeno e arrumado na periferia da cidade. Separara-se da família, muito religiosa e vivendo numa seriedade e tristeza sem par. Ela, não. Nascera alegre. Gostava de andar, de acompanhar sua sombra para certificar-se de que era real. Brincava muito. Apreciava dar o que deu para dar-se a natureza. Enchia de prazer e dança a sua vida. Amava o canto dos pássaros. Devaneava. Seus orgasmos múltiplos eram um vendaval que a agitava para depois, aos poucos, voltar à paz, apaziguado o coração. Era esta a sua ambição.

Tinha, sim, seus momentos de melancolia, pelos quais passava sozinha. Guardava-os numa caixinha de joias. Solitária. Não queria homem para lhe dar suporte. Gostava deles, porém, muito mais, de sua própria independência. Quanto mais admirava o seu parceiro eventual, mais se recolhia dentro de si. Tornava-se misteriosa, prendia a curiosidade e o coração do companheiro. Era uma aventureira do amor. Não admitia rodeios em seus desejos.

No outro dia conheceu um rapaz, permitiu que ele a acompanhasse até sua casa e ali mesmo se despediu. Talvez fosse tímido e precisasse de incentivo. Mandou sua foto deitada nua, fazendo um convite expresso, sem palavras. Viveram intensamente muitos momentos. Ele também — percebera — se ajustava inteiro na própria sombra. Homem decidido, moreno, atarracado, de cabelos encaracolados, pele muito branca, olhos castanhos ensolarados: alguém poderia chamá-lo de italiano, os gestos intempestivos desmentidos pela delicadeza das palavras. Possuía um dom natural para escolhê-las, falava várias línguas, recebera uma boa quantidade de dinheiro do pai e fora aconselhado a sair, viajar para conhecer o mundo, adquirir experiência e poder mais tarde, um dia, tocar os negócios da família.

Apaixonou-se por ela. Não queria outra coisa, senão estar com ela. Depois que aceitou o convite da foto, ela o atendeu nos pedidos mais extravagantes. Tudo era prazer, delícia, entrega e proximidade, até o ponto de fusão. Entretanto, jamais decidiram morar juntos, precisavam de distância. O ciúme o corroia, passou a persegui-la, sorrateiro, em sua rotina; chegou a vê-la com outros parceiros, velhos, novos, dois ou três, ao sabor dos ventos, como ela dizia. Não conseguia encontrar a maneira de prendê-la.

Foi embora por algum tempo, por não encontrar solução viável e para atender ao chamado do pai. Durante a viagem, leu no jornal: "Pai assassina filha com tiro à queima-roupa". O religioso [nome, idade] invadira o estabelecimento comercial onde trabalhava a filha [nome, idade] e depois de uma breve discussão, acusando-a de prostituição e de envergonhar o bom nome da família, sacara da cintura o revólver com o qual a fulminou ali mesmo.

Não leu as demais informações. Estava estarrecido. Não conseguia compreender o que havia acontecido. Encontrou seu pai. Ouviu dele um sermão daqueles, que o dinheiro que a ele confiara fora desperdiçado da forma mais vil, com pessoas de má índole. Mulheres, passeios, jogos, bebidas. Como era possível uma explicação? O que ele pensava da vida? Isso tudo levava a quê? "Quero que você se prepare para a vida, construa o seu futuro. Meu pai não me deu isso."

O filho bem que tentava ouvir, mas não conseguia tirar Jackie da cabeça. Quanto mais pensava nela, mais se excitava e menos compreendia os rugidos do pai. Lembrava-se da expressão angelical, da boca carnuda, do corpo pequeno, proporcional, da carne rija, dos seios empinados, sôfrego a ponto de tirar o pênis para fora e, antes que o estupor do pai se transformasse em ato, o atacou rijo e se masturbou rápida, doce e languidamente. Com a mão servindo de concha, aparou e entregou o resultado ao pai.

"Aqui. Não lhe devo mais nada. Estamos quites."

Amazônia

*Cada rua escancara-se como uma porta, mas ninguém as
explora. Aquele homem sentado nem sequer se dá conta, tal como um
mendigo, das pessoas que vêm e que vão na manhã.*
Cesare Pavese, em *Trabalhar Cansa*

Acompanho um casal, meus patrões, em um passeio. Algo
neles é diferente, há certa bilateralidade cruzada. Ela tem um
comportamento masculino, ríspido, brusco, e ele exerce o feminino,
curioso, delicado.

A mulher nasceu para ficar parada. Odeia fazer passeios ao léu,
quer sair de um lugar e chegar a outro. Direta, sem rodeios. Descontrola-
se a qualquer sinal de desorientação. Para, pede informações e as recebe
contraditórias, mas não se importa de andar de um ponto a outro.
A indicação alheia a tranquiliza, até chegar ao ponto indicado, que
não é o pretendido. Infantil, recomeça o processo desde o início, até
o próximo ponto. Fica perdida, exasperada, ao encontrar um sinal de
contramão. Vou pela direita ou pela esquerda? Será que existe retorno?
E agora? Ele nunca responde. Limita-se a olhar.

O homem não se importa. Parece gostar de errar por aí.
Pergunta, qual é a pressa? Temos tempo, ninguém nos espera. Ca-
minhemos e encontremos o lugar, vamos passear, observar. Não há
necessidade de planejar. Ao encontrar algo interessante, paramos,
vemos e pronto. Inicia-se uma discussão que é interrompida por um
silêncio, espesso como neblina.

Obtém um dispositivo que traça o trajeto pedido, indica as ruas e o itinerário mostrando no mapa, com uma voz indicando o percurso, o tempo de viagem, a hora estimada da chegada. É mais um pacificador de casais que não conseguem se entender. Cessam as discussões. O objeto, uma espécie de divindade, segue dando suas indicações. Depois dele, não nos perdemos mais. Vamos de um lugar para o outro com uma precisão matemática.

A cidade está coberta de boas estradas, aliás, está construída sobre boas estradas. Subterrâneas, sinalizadas com regularidade. No teto, a indicação de velocidade máxima. A iluminação é eficiente, dando a impressão de uma linha contínua nas paredes laterais, côncavas, ameaçadoras, túneis infinitos, pintados até meia altura, com telefones de emergência gritando em amarelo a cada quinhentos metros. A visão e a velocidade são as de um jogo eletrônico, sempre as mesmas, fase após fase, monótono e artificial. Não há tempo a perder.

De repente, saímos, e estamos ao ar livre. O outono de cores variadas se revela nas árvores, dispostas ao longo de uma larga avenida feito duas fronteiras, uma de cada lado. Lá adiante, no horizonte, duas linhas paralelas de árvores formam um extenso corredor. Ao final, uma brusca montanha aparece, dando um basta. Agressiva, com seu pico nevado, mostra altura e eternidade. A terra é arenosa, cor de pedra, tufos verdes de moitas rareando aqui e ali. As folhas, em cores que passam do verde para o amarelo chegando ao vermelho, se penteiam ao sabor do vento que lhes dá direção. Um tapete marrom de folhas também se move ao sabor do mesmo vento, cobrindo espaços cinzentos de asfalto, conferindo à paisagem um arranjo quase humano. Observo uma folha presa em um bueiro, parecendo resistir ao vento, mas por pouco tempo. Logo se reúne ao tecido. A cena está encoberta por um céu incerto, um teto escondido pela névoa espessa; parece, após certa altura, que podemos tomá-la com as mãos, deixando-a indefinida.

O primeiro sinal de humanidade está no longínquo mercado de pulgas, onde a calçada serve de banca de mercadorias. Nele, não se exibem babuchas marroquinas ou imitações baratas chinesas, mas roupas usadas ainda impregnadas do último trabalho, livros, fascículos, móveis alquebrados, tudo separado meticulosamente em fileiras como aqueles fios de cordas, entremeados de nós, que os antepassados usavam para cálculo. A lógica da utilização até o final da vida útil, como se passasse do irmão mais velho para o mais novo, ainda vigora. Os proprietários das mercadorias ficam à distância, cuidando dos filhos, executando suas tarefas e se lembrando dos tempos do Inca, quando os pobres recebiam as roupas para que não existissem mendicantes.

Olho rapidamente. O casal tem medo de assalto, quer voltar para a casa onde está hospedado. A arquitetura dos bairros próximos ao centro é a mesma de Los Angeles, Xangai, São Paulo, Kuala Lumpur. Os prédios espelhados refletem seus vizinhos e aparecem repetidos, sonolentamente, bem construídos e sem qualquer vestígio de originalidade. A única construção que ousa chamar a atenção é chamada "Amazonía". Está à venda e, aparentemente, ainda não encontrou compradores. Seus funcionários conversam ao sol do meio-dia.

Pousada dos Ingleses: este é o nome da casa que foi alugada apenas para eles, uma construção colonial espanhola, ampla, limpa, com lençóis trocados diariamente. Uma parede de vidro mostra a cordilheira cortando o céu como um serrote, com dentes gigantescos, alguns brancos. Estamos cercados de jardins com rosas de pedras e coníferas.

A camareira Rosário vem ao nosso encontro. É simpática, falante, redonda e alegre. Colombiana, viveu durante quinze anos na Holanda; foi casada com um indonésio e tiveram três filhos, todos estudando em Amsterdã. Está separada e morou em Houston até perder o emprego. Fala holandês, espanhol, português e inglês. Procurava trabalho de tradutora. Encontrou nas vindimas em Santa Cruz, e agora, este.

"Dou graças a Deus por ter trabalho", diz, sem perder o sorriso. Viveu também por algum tempo no Maranhão, lugar quente e de gente bonita. Adora dançar e namorar. Lembra-se da Dança do Coco, Dança do Caroço e Dança de São Gonçalo. Rosário me ensinou a literatura dos leques, utilizada pelas mulheres de Cádiz. Não havendo liberdade para se exprimir, as mulheres compunham suas obras usando os leques e seus movimentos como mensagens. O leque aberto cobrindo o rosto: "Eu o amo". O leque fechado, empunhado com a mão esquerda e apoiado no lábio inferior da boca cerrada: "É tudo mentira".

Seu namorado atual é um chileno que estuda engenharia de alimentos, enquanto cuida das folhas caídas e de regar o jardim. Parece determinado a se engajar nas Falanges Imortais, recrutadas por Pizarro para treinar na América Central e combater no Oriente Médio.

"Para sus sacrificios solemnes hacían pan de maíz, que llaman zancu. Y para su comer, no de ordinario sino de cuando en cuando por vía de regalo, hacían el mismo pan, que llaman huminta. Diferenciábase en los nombres no porque el pan fuese diferente sino porque uno era para sacrificios y el outro para su comer simple." — Inca Garcilaso de la Vega.

Convidam-me para almoçar. Comemos *pan amasado*, um pão tradicional feito com farinha e banha, cozido lentamente no calor da lenha. Servem também alguns deliciosos pastéis com as bordas rendilhadas. Queijo e porco completam a refeição. Bebemos um belo vinho, mas o patrão teima em dizer: "É bem feito, mas apenas uma cópia muito bem feita."

No meu quarto, as torneiras possuem um jato duplo, quente e frio. Não se misturam. A mão queima ou congela. Não há meio termo. As tomadas têm três furos paralelos, esperando receber os cilindros que não levei. São as excentricidades do lugar.

Pessoas surgem da escada rolante como autômatos, brotam do chão ou caem de cima. Cada pessoa parece um sinal ou letra. Cada letra é parte de uma palavra. Cada palavra forma uma sentença. O conjunto de períodos forma uma página, e o de páginas faz um livro, que é arquivado por tempo determinado na biblioteca de Babel. A leitura parece impossível. A construção dela e de seus labirintos apaixona. Lembro que cadeia básica do ácido nucleico de uma célula ocupa um milhão de páginas. Desisto de ficar observando. Antes de sair, encontro um cavalheiro vetusto, com uma barba pontiaguda cinza, magríssimo, vestindo um costume antiquado e muito bem conservado. Utiliza um castão. Um ar digno de superioridade. Não fita ninguém, olha o infinito. Está só. Parece sonhar moinhos de vento.

Gastei todas as minhas economias na compra de uma manta de mohair (cabra angorá): de peso quase inexistente, elaborada com fibras de vinte quatro ou vinte e cinco micros de diâmetro, capaz de reter o calor, resistente ao extremo, e com um toque extraordinariamente suave. Afaga e acaricia o corpo como nenhum outro toque é capaz, um oásis e um alívio para pessoas cercadas de rigidez e frieza. Dá a noção exata de como o mundo deveria ser, e não é.

PINGA

O epíteto era peculiar ao século XIX e tinha caído um pouco
em desuso, mas Matias, pelo porte e pelas leituras, continuava
pertencendo ao século XIX, e sua inteligência, de todos os ângulos,
era uma inteligência em desuso.
Julio Ramón Rybeiro

Meu patrão pediu que eu fosse até Lima e designou o Souza para me acompanhar. Queria vender sua casa de praia e tinha arranjado um comprador limenho. Este se submetera a uma cirurgia no baixo ventre, não podia sequer descer da cama, e comprometeu-se a pagar todas as despesas da viagem. Assim, eu seria uma espécie de representante, ou agente de negócios. Mais tarde, descobri meu papel efetivo: o de mula. Trouxe parte do dinheiro da venda amarrado na cintura, distribuído em notas dentro do meu cinto.

Assim que soube da viagem, o Souza veio me beijar. Estava alegre, contente; para ele, estávamos indo passear na América. Poderíamos fazer compras, a nova namorada havia feito encomendas, estava ansioso, queria partir ontem. Talvez eu tenha contribuído para o clima de euforia dizendo que Lima era considerada a "Cidade dos Reis." Eu estava satisfeita, também gostava de viajar.

Embarcamos em um dia de sol envergonhado, com nuvens cinzentas e ameaçadoras. Abafado, às oito da manhã. Pegamos uma procissão de pessoas esperando o exame dos documentos, e outra para embarcar. Parecia que não estávamos documentados.

O Souza adorava filas. Conversava, contava anedotas, integrava-se, falava de tudo. Não conseguia ficar quieto. Moreno, cabelo liso e negro com topete, redondo, gozador. Despreocupado. Todos ficaram a par do nosso destino. A viagem foi tranquila. Meu acompanhante comeu ambas as refeições, a minha e a dele, sob o olhar de desdém da tripulação.

Ao chegar à cidade, encontramos um aeroporto como qualquer outro, uns azulejos caindo aqui e ali. Nada chamava a atenção. As malas nos foram entregues por moças uniformizadas. Uma delas se engraçou com o Souza. Conversaram com as mãos. Reservaram-nos um hotel no centro da cidade, com nome americano. Registramo-nos com um funcionário de aparência oriental. Dormi um sono agitado.

Primeira aventura.

Café da manhã. Uma mesa enorme, forrada de peixes, crustáceos, lagostins, aves e milho das mais variadas formas, cores, tamanhos e sabores, como jamais poderíamos imaginar, branco, negro e azul; o nosso tradicional amarelo estava lá, num cantinho, desdenhado. Os grãos grandes e lustrosos ofereciam um porto seguro para nossas lembranças. Entretanto, fomos avisados pelo responsável de que eram apimentados. Não perguntei mais nada. Fui pegar uma pamonha. Enfim. Pamonha com café e leite, uma maneira de se ancorar no gosto tradicional e confortável. Abri o pacote de palha e encontrei a massa da pamonha… negra. Cortei e comi. O gosto foi atacado pelo sabor da pimenta e não consegui distinguir mais nada, a pimenta queimando e só me restava apagar o incêndio com café com leite. Ainda mais quente, por sinal, o sabor quente, a temperatura hedionda. Aprendi a lição. Eles têm mais de trezentos tipos de milho, conhecido como maíz ou mahis, "aquele que sustenta a vida". Souza fazia pirâmides no prato.

Segunda aventura.

Visitamos a Estación Central de Desamparados — a nossa rodoviária —, a Plaza Mayor e seus balcões de madeira escura, ricamente desenhada e esculpida. Cambistas trocando dólares entravam no carro, oferecendo a melhor taxa. Igrejas barrocas. Museu do Ouro. Sentamos no bar do hotel. Não bebi nada. O Souza pediu uma pinga. Parece incrível, mas ele não fala portunhol. Apenas português, e mal. O garçom olhava para os lados e lhe respondia: "Senhor, aqui não se fala isso. É muito feio." E apontava para a braguilha da calça, encabulado, mostrando o punho cerrado e o antebraço erguido, na pose clássica. "Nome muito feio." Agora ele aprende, pensei comigo. Ele disparou: "Pois bem, então me vê uma PINGA sauer", num tom de voz tal que toda a recepção se virou para olhá-lo. Funcionários, hóspedes, mulheres.

(La Chicha era el vehículo que unia a los hombres y a los dioses, a través de la fecundidad de la tierra.)

Para Souza, o passeio matinal acabou por desfazer o sonho de encontrar a Flórida. Aquele país lembrava o Brasil. O povo era muito feio, os índios, muitos índios aliás, todos mal-encarados, mal-humorados, em quantidade nunca vista nas cidades. Uns brancos, alguns negros e mulatos. Japoneses andando por todos os lados. Perguntou a uma guarda de trânsito:

"Porque tem tantos japoneses aqui?"

"Não temos japoneses, meu senhor, são chineses [*chinos*]."

De fato, saímos para almoçar e descobrimos que *Chifa* é o nome que eles dão aos restaurantes. São de peruanos de origem chinesa que montaram suas tendas de comida, uma comida sino-peruana. Pensei que comeríamos um arroz shop suey, ou um frango xadrez. Que nada, era outra comida chinesa. O sabor, sem a pimenta, lembrava a comida sino-brasileira. Resultou curioso o laço da China para unir os dois países. O motorista que nos acompanhava, um índio gigantesco, lacônico, de nariz quebrado e adunco, explicou que os chineses haviam entrado no país, após a proibição do tráfico de escravos, para ajudar na construção de uma ferrovia como escravos disfarçados. Trabalhavam por comida e cama.

Terceira aventura.

Souza convenceu a guarda de trânsito a conhecer o hotel. Fiquei na recepção até tarde. No dia seguinte, visitamos uma das feiras livres. Exatamente igual às brasileiras. A diferença estava na quantidade de pessoas esperando a feira ir embora, para conseguir apanhar a xepa, os alimentos que os feirantes deixam na sarjeta. Sentei-me ao lado de uma mãe (índia), que pacificamente dava a mamadeira a seu filho. Como toda criança, puxava o bico com uma vontade gostosa, saborosa até de se ouvir. O líquido não conferia com a cor que eu estava acostumada a ver, era amarelo. Seria de milho? Não, ela apressou-se em dizer, era Inca-Cola, uma bebida local. Um refrigerante, produzido a partir de uma vaga memória de lúcia-lima, ou limonete. Soube depois que é utilizada também como chá, para induzir o sono.

Percebi que o motorista não gostava de nos levar a esses lugares. Seu olhar era de reprovação. Informou-nos que Cervantes fora proibido de viajar para a América, pois não tinha sangue puro. Estava escrito no muro: *"No cagar. No orinar. Y la concha de tu m…!"*

Quarta aventura.

O cliente do patrão reside em Miraflores. É genro de um dos próceres da república. "Prócer" é uma palavra corrente. O patrão manda, obedece quem tem juízo. O que mais se ouvia ali era a palavra "dólar". Variações: "South Beach" e "Boca Ratón". Existe uma conexão direta entre o povo daqui e o de lá. Os *chinos* sumiram. Os índios, civilizados em seus uniformes. As ruas asfaltadas e limpas. A casa do genro é maravilhosamente grande, forrada de orquídeas em todos ambientes. Conversa comigo falando um português razoável, e com outras pessoas no tradicional espanhol, rápido e cantante, quase incompreensível. Falava em francês e inglês, conforme o interlocutor. Assinou sem ler o contrato que exibi e me entregou o dinheiro, em cédulas sequenciadas. Encabulada pela presença, não contei. Para legalizar o documento, basta reconhecer a assinatura. Quinze dias para tanto. Férias burocráticas. Descemos até a costa do Pacífico para comer *ceviche*, uma comida deliciosa. Um pescador nos mostrou um tipo de concha comestível e o Souza não teve dúvidas, engoliu o conteúdo ali mesmo, cru e vivo, sob o olhar de espanto do pescador.

"Esse *zevicho* deles é cru também, que é que tá olhando? Além do mais, eu ainda estava com fome."

Explicou ao motorista que, no Brasil, quem nasce no Peru é pirulito. Não recebeu sequer um olhar. Um homem no carro ao lado nos pergunta de onde somos.

"Brasil", respondeu Souza.

"Ah, sim. Futebol e samba", dançou, sorridente.

Quinta aventura

O nome do motorista era Atahualpa. Ficava conosco vinte quatro horas por dia, se necessário. Limitava-se a seguir instruções e a manter o carro em alguma direção, no caos que é o trânsito da capital. Impossível identificar um táxi. As pessoas estendiam as mãos e um carro parava. Fui informada de que eram ilegais, assim como os ônibus. Ao final de cada dia, a prefeitura mandava recolher os pedaços de veículos que caíam pelas ruas. As cores não eram definidas. As portas dos automóveis lembravam obras de Jackson Pollock. Nada obrigava que o resto da lataria seguisse um padrão. De vez em quando, a cidade ficava sem luz. Os apagões eram obra de guerrilheiros. Fiz um comentário e ouvi do motorista:

"Senhora, as bocas aumentaram e o alimento não. Eles queimaram todos os nossos livros, registros e tradições. Assassinaram nossas lideranças. Tudo o que nos restou foi, além dos escombros, receitas de comidas, folhas medicinais, costumes familiares, mitos e silêncio. Aqui o tempo é invariável, não muda. Sempre assim, desde aquele tempo. Somos estrangeiros em nossa terra."

Sexta aventura.

Havíamos resolvido tudo. Estávamos prontos para voltar. Descansando na recepção do hotel, vi um casal em lua de mel se registrando. Entrou apressado um homem de terno e mala executiva. O atendente do bar, já nosso amigo, disse, sorrindo, que era um alto funcionário do governo, visitando empresários estrangeiros. Logo pegou o elevador. Esperávamos nosso motorista para nos levar de volta ao aeroporto quando ouvimos um forte estampido, o vidro da recepção se quebrou, um tremor sacudiu o prédio. Terremoto? Minutos depois, o hotel estava cercado. O casal tinha detonado uma bomba no último andar. Revista generalizada, olhares assustados, pessoas correndo, caos absoluto, como deverá ser o dia do juízo final. Dei a viagem de volta como perdida. Ficaríamos mais quantos dias? O Souza me implorou: "Ligue pro homem, o próce. Ele nos tira daqui."

De fato. Saímos do hotel junto a um *cholo* de dois metros de altura, numa cadeira de rodas precária, de madeira e lona, prestes a se quebrar. Dei uma nota de cem dólares a Atahualpa, como gorjeta. Ouvi:

"Não, obrigado, senhora, sou muito bem pago pelo patrão", num espanhol claro, alto e muito bem falado. A viagem foi muito rápida. Souza não comprou nada no aeroporto local, nem aqui. Sonhou tanto com o free-shop e passou por ele correndo. Eu devia ter imaginado. Afinal, quando desceu do avião, ele se ajoelhou e beijou o chão de cimento.

Roma

A Guy de Maupassant

— Casou? Como assim?

— Casando. Casando como você nunca imaginou, jamais ponderou propor; casando com alguém que me dá segurança, certeza, direção, carinho e ritmo.

— Por que você não me falou antes?

— Porque você não se interessou por nada que ocorreu comigo, desatou a falar de você, dos seus projetos, da sua... sei lá o quê.

— O que ele faz?

— Eu realmente preciso ir. Você me telefona e conversamos depois, amanhã, qualquer dia, qualquer hora.

Abriu a bolsa, pegou um pedaço de papel amarelo e rabiscou um número.

— Ligue neste número.

E saiu. De fato, saiu. Sem a menor sombra de dúvida, ela foi embora.

(Meu amigo Marcelo sabe o quanto eu gosto de música. Viajamos para Miami. Deixamos o hotel para descobrir qual seria a nossa cidade. Nos perdemos no bairro cubano, nas centenas de pontes e viadutos, até chegarmos à beira-mar — os mapas e as ruas são organizados pelos pontos cardeais, que desconhecemos. Conseguimos um café, com sabor parecido ao do brasileiro. Andando ao acaso, demos de cara com uma loja de raridades musicais. Eu não conseguia me concentrar em nada. Continuava caminhando por dentro do lugar como se estivesse olhando para o mar, mas vendo estantes e corredores. Voltei ao mundo quando ele esbarrou em mim, acenando com uma caixa de nove horas de música do meu compositor predileto, *olha o que eu achei.* Olhei para um objeto distante e colorido se rebolando. Não me apetecia sequer pegá-lo. *É o único exemplar, você não quer?* Não, Má, obrigado, não quero. *É muito barato. No Brasil, você não vai achar. É exemplar de colecionador.* Obrigado mesmo. Não quero. *Já que é assim. Se você não se importa, vou comprar, tá?* E saiu em direção ao caixa. Ao segundo passo, soou um gongo na minha cabeça. Ele vai comprar. Vai ficar nas coisas dele. Acenei com a mão, emiti um som qualquer, corri atrás dele e disse: Má, obrigado, mudei de ideia, tudo bem? Pego a caixa. O pacote está em casa, sem abrir.)

Dormi.
Perdi o interesse pelo que acontece entre os crepúsculos. Depois de três deles, encontrei a disposição para ligar. Ela pediu que fosse buscá-la na agência, trabalha como diretora de criação em uma agência de publicidade. *Estou trabalhando feito louca. Estamos em processo de fusão com uma empresa líder. Loucura geral.* Sempre foi uma mulher bonita. Agora, mais segura de si, falava com uma entonação diferente, como se eu fosse um cliente, sei lá. Vestida com apuro, cobria o busto e o colo com o casaco e as coxas com a saia justa, deixando de fora pernas, mãos e cabeça. Os pés, enfeitados com sapatos de salto finíssimo e uma abertura minúscula para os dedos. Os da mão vestidos com joias, disparando invejas eternas nos olhos femininos. Me alertou de que precisaria entregar uma peça em um cliente e depois me convidou para sentarmos em um café.
Na mais movimentada avenida da cidade, encontramos uma ilha do café. Refizemos o passeio do café pelo mundo, desde a Etiópia até o Brasil. Lembramos dele nas moças, rapazes, móveis, em todos os utensílios, exceto nas xícaras — imaculadas, quentes e brancas. Escolhemos, encostei o punho no queixo e escutei.

"Encontrei uma mulher muito diferente das que já conheci. Alguém que trabalha com projetos inteiramente pessoais, independente, faz questão de não revelar nada de sua vida. Um ser humano do sexo feminino, com educação, bom gosto, e maluca. Começou a *carreira* participando de um *Big Brother*. Montou um personagem adequado às necessidades do programa, passou por todos os testes e foi selecionada. Mesmo sendo eliminada na finalíssima, iniciou sua trajetória. Queria conhecer e fazer amizade com as pessoas do meio, tornar-se uma pessoa conhecida da sociedade em geral. Vender sua imagem de mulher provocante, filha de imigrantes, ingênua, burra e meiga, entusiasmada como um animal de estimação, intensamente livre e completamente despida de roupas e preconceitos. Liberou um vídeo em que aparecia no banco de trás de um Bentley com seu namorado (cantor famoso), e a mostrava em flagrante num momento íntimo, formando um aro rosado e fulgurante de gliter com a boca, ele despido da cintura para baixo e de olhos fechados. A cena se fecha com um rápido enrugar dos lábios se fechando firmes, até formar um beijo para o espectador.

"Passei a saber de que festas ela participava. Como se comportava. Uma mulher inteiramente submissa aos desejos masculinos, não sabia oferecer resistência alguma. Aparecia como uma pancada de chuva fresca em um deserto. Percorria todo o ambiente em conversas com os mais diversos tipos de homens, sempre solícita e atenciosa. Provocante. Com um poder impressionante de ouvir e compreender. Sugeria exatamente o que o interlocutor precisava ouvir, como se saísse dele o pedido daquelas palavras. De concordância, encorajamento e incentivo. Quando atraída na armadilha, o comportamento era outro. Inofensivo. Era uma mulher, uma verdadeira parceira. Que consegue conversar sobre diversos assuntos e interesses numa velocidade extraordinária, não oferecendo nenhuma ameaça, apenas mostrando ser mais uma vítima da tortura que os machos proporcionam com sua indiferença, lirismo, contradições, ausências e abandonos. E, automaticamente, voltava a chover naquelas hortas descuidadas, cheias de ervas daninhas.

"Fiquei inteiramente apaixonada por aquele ser. Aprendi o desembaraçar de situações conflituosas, o início, o desenvolvimento e o fim das relações entre as pessoas. Quais são as nossas necessidades. Os significados de nossos gestos, de nossos trajes, o que revelava a pele, coberta ou não, de determinada parte do corpo. O significado de uma joia. Do cabelo, penteado ou despenteado. Curto ou longo. Me senti como se fosse, no aquário, um peixe, e fora dele, um instrutor. Depois do meu *aprendizado*, fui apresentada às outras integrantes do clube de amigas. Nada ali era casual. Eu era participante de um projeto dela. Ela me escolheu. Ela escolhia as festas, as recepções e ocasiões em que estaria presente. Ela era o imã. E nós replicávamos o conhecimento aprendido. Éramos seus fenótipos. Ela nos contava a história do pássaro como um operário com poucas ferramentas. Não tem a mão do esquilo, nem o dente do castor. Seu corpo é sua ferramenta, é com o peito que ele aperta e comprime os materiais, até torná-los dóceis e sujeitá-los à obra em geral. Nós éramos seus pássaros.

"A primeira festa de que participei foi inesquecível: o lançamento mundial de um produto, no Teatro Municipal. Vestimos-nos de forma parecida. Cada uma de nós recebeu uma limusine com motorista e ficamos aguardando o seu chamado. Ela chegou com o atraso indicado para estas ocasiões. Circulou pelos salões, conversando ora com um, ora com outra, até encontrar a pessoa indicada. Alguém que a desejava, alguém desiludido, alguém precisando de amor. Aproveitava o momento ou oportunidade para dizer confidências, ousar comportamentos. Se afastava, procurava um lugar discreto ou não, conforme o caso, o assunto se apimentava e as labaredas apareciam, os rostos se afogueavam, eletrificavam-se as mãos. Até o bater no último ponto suportável. Neste exato momento, sussurrou: 'Encontro você dentro de quinze minutos, na porta lateral. Estarei em meu carro, no banco de trás, com a porta destrancada.' E se retirou.

"No mesmo instante ela me ligou, deu o horário, mandou que eu ficasse à espera. Instruí o motorista para arrancar tão logo entrasse a pessoa. Eu deveria estar chorando, com um lenço que cobrisse parte do meu rosto. Só depois de alguns instantes, deveria me mostrar surpresa e aflita. Quando estivéssemos em movimento. Depois que minha cabeça estive repousando em seu ombro. Ao descerrar os olhos, mostrar meu momento de medo, surpresa e simpatia. Contar a minha desilusão. E concluir que, ao final das contas, tinha sido ótimo um engano dessa natureza. O acaso nem sempre revela surpresas desagradáveis. Bem, o resto você já sabe, não?"

— Uma mulher?

Amor

Um dia, caindo de bêbado, liguei. É, liguei para a minha ex-namorada, de alguns meses atrás. Doze, para ser exato. Uma mulher genial, de ótimo humor, bonita, alta, magrinha. Aliás, falsa magra. Tudo correto. Curioso para saber o porquê do fim?

Ela perdia o controle com muita facilidade. De uma hora para outra, sem mais nem menos, saía a brigar comigo. Eu não dava a mínima importância para o que ela dizia. Não contava meus segredos, era muito calado. E me desancava, a mim, à minha geração, aos homens e tudo mais que era possível. Desatava a chorar lágrimas com peso e densidade. Dentro delas, microscópicas desilusões vinham à tona. E eu naufragava. Não havia sexo de reconciliação. Durava ao menos dois dias. Depois deles, tirávamos ao redor de quatro semanas, como férias. Lua de mel. Passeávamos no parque, e, se não havia ninguém por perto, ou se houvesse alguém por perto e não fosse ameaçador, ou mesmo se fosse, se encontrássemos algum lugar mais ermo ou fechado, mesmo que com uma trinca de plástico, ela me agarrava, me jogava no chão, e lá ficávamos, alucinados de amor. Trançando pernas, braços, aproveitando todas as posições anatômicas à disposição por fisiologia, coreografia ou fantasia, até que o cansaço pedisse licença. Assim: desmaiando, um ou outro. Sem prévio aviso. Como se a luz se apagasse, um *Te Deum* cantado pela voz invisível dos sonhos.

Se houvesse alguma seriedade ou coerência em mim, eu jamais ligaria novamente. Nossa última discussão foi digna das docas do porto, eu tentando ser calmo e ponderado. Mas ela estava do outro lado, atirando potes, pratos e pires. Apoplética. Cismou que eu a traía com sua amiga. A melhor amiga, que eu sequer conhecia direito. Apenas fiz menção ao tamanho da bunda, ao corpo dela, ao jeito sacana de ser. Homem não diz nada sem abrir as calças. Não fala do que não conhece, já sabia que você estava a fim. Sentia. Quer que eu ligue para ela e arranje as coisas? Não, obrigado. Ah, não! Você já conseguiu sozinho, né? Não consegui nada, pare com isso, por favor. *Por favor*, o cacete! Você é um merda de um conquistador barato. Com essa conversinha mole, fica dando em cima de todas as mulheres, não há ninguém que arrume você. Pensa que eu não sei? Covarde. Aproveitador. Sabe do quê, mulher, eu falei, olhando para a ponta do sapato. Olha pra mim, seu bosta. Encare a situação de frente. Olhei, ainda calmo. Tá vendo? Sua calma é a de quem tem culpa. Sai daqui. E atirou o primeiro pote. E o segundo: um prato. Depois, o pires. Tentei me desviar, mas este me pegou no ombro. Ela abriu a gaveta de talheres, e dali coisa boa não sairia. Tentei subir para o quarto dela. Com um pulo felino, ela se interpôs entre a escada e eu; avançou com um garfo em minha direção. Não me restou alternativa. Agarrei sua mão com a força do medo e a fiz soltá-lo. Foi minha confissão assinada de culpa, testemunhada pelo talher e pelo roxo do pulso.

O silêncio foi o tutor do término. Não nos falamos mais. Aos poucos amigos restantes que perguntavam sobre ela, eu desconversava. Tinha vergonha de contar, não pretendia assumir nenhuma separação, e muito menos o motivo dela. Usava a frase predileta dos americanos nos filmes: "Não quero falar desse assunto". Arrumei amigos de uma nova safra. Saíamos para beber e conversar: grande circuito da cerveja.

"Uma cerveja não faz mal. Duas também não. Nem dez. O que faz mal é o exagero." Quando começávamos a discutir o porquê da nuvem de álcool no firmamento ser a causadora da marcha da multidão de borboletas desde o Canadá até o México, sabia que devia ir embora. Só trabalhava e bebia. Estava amortecido. Anestesiado. Não atinava. E ainda não compreendo aquele comportamento, uma hora boa, outra ruim. A boa, fantástica. A ruim, infernal. As duas de outro mundo, não o das pessoas normais.

Algumas aventuras mornas nesse meio tempo. Algum amor pago. Todas assim, meia-boca. Uma válvula preênsil contra um êmbolo transmissor. Aulas práticas de mecânica de leve fricção. Até o dia em que, ao me levantar, percebi que estava prestes a perder completamente a consciência. Todo o cenário começou a girar à minha volta. Estava leve, o corpo sem peso. Minha mão atingia as coisas antes ou depois da hora. A visão dos objetos, nítida, mas sob o fundo azul-cobalto do céu antes da tempestade, onde perdemos a noção de distância. Resolvi me sentar e esperar um pouco. Com o tempo, adquiri uma capacidade muito grande de absorver álcool. Jamais dei vexame, e este não será o meu primeiro. Já sei, vou ligar para ela. Sentado e senhor de mim, disquei.

— Alô?

— Oi. Você pode falar agora?

— Espere um pouco.

— ...

— Pronto, pode falar.

— Quero ver você.

— Quando?

— Amanhã.

— A que horas?

— Às oito.

— Onde?

— Vamos jantar?

— Pode ser.

— Na nossa bodega?

— Tá bem.

De manhã cedo, tomo a mezinha salvadora: uma dose de conhaque, uma gema de ovo, vinagre. Salpico bastante tabasco e molho inglês. Engulo de uma só vez. Pronto, ficarei novo em folha.

Depois de tanto tempo. Pontualmente às oito, ela chega. Está mais linda. A pele clara, sem nenhuma mancha. A separação lhe fez bem. Não mudou nada, e se mudou foi para melhor, espero. Não dá para perceber ainda. Olho dentro dos olhos dela. Hoje é o dia bom. Estão claros, consigo me ver, límpidos como espelhos. Pergunto o que ela quer. O de sempre. Faço a nossa escolha. Não esqueceu nada? Ah, sim. O vinho: *Chianti*. Agora, sim. E desatamos a falar de generalidades. Assuntos sem controvérsia, o que estou lendo, o que ela está escutando. Quem apareceu de novo no cenário. Duas horas depois, estou, estamos agitados. Pergunto se ela quer esticar o jantar. Vamos para minha casa, na Granja Viana. Eu a reformei e pintei, está nova. Ela hesita um pouco. Pensei: É agora. Vamos. Acendo a lareira. Adorávamos o fogo. Despertava-nos a compreensão das coisas que não podem ser descritas. *Ficávamos deitados olhando as fagulhas e bruxuleios, caracóis de luz saídos da morte da madeira.* Raramente nos beijávamos, conversávamos com as mãos e os olhos. Revivemos a nossa melhor noite. Cada mês ausente foi recompensado. Em doze movimentos plenos de ação, ardor, coragem e saudade. Parecia que jamais estivéramos separados. Quase a penetrei por inteiro, para morar dentro dela, tamanha a fusão entre nossos corpos. Suados. Amados. Banhados. Suados. Amados. Salgados. Quebradiços e tesos, como biscoitos prestes a se partir com um estalo de dedos. Atemorizados, por algo que rompesse todo o encanto.

Interiormente, fui invadido por uma paz sem igual. Nenhuma ressaca. Simples momento de indecisão. Para qualquer lugar que eu olhasse ou me movesse, seria bom. Sem angústia. A pressa afastada para sempre. Invadido pelo sentimento de paz, leve como uma pluma. Um fio de teia de aranha que caísse sobre o meu membro o tornaria rígido outra vez. Assim que um raio cortou o céu, e ouvimos o trovão, me levantei para entrar, estendi a mão:

— Vamos?
— Aonde?
— Para dentro de casa.
— Preciso ir...
— ...!?
— ...me casei.

GERALDINOS

Deserto de Gobi, Cantão, Nápoles, Santos, São Paulo, Edifício Itália. Terraço, tarde da noite, estrelas, luzes, o azul-marinho acobertando os sonhos, indiferente o piscar de umas e outras. Tão indiferente quanto ele. Amanhece com névoa, anunciando um dia de sol. Do seu escritório, comanda os contêineres que circulam pelo mundo. Despejando também aqui o seu conteúdo, aumentando o paraíso das coisas. A cidade espanta a névoa e se torna nítida e cinzenta. Ao olhar para baixo, vê um rio.

O rio dá cor e aquece o tempo, traz o sal do suor à flor da pele, tudo se contamina. Os mais variados tipos caminham desde o início, um fluxo buscando uma compra perfeita, um presente, um enfeite, uma lembrança; ou a paga de algo que ainda não aconteceu. À beira das barrancas ficam os mascates, os ambulantes, os marreteiros; mais acima, os lojistas, flora e fauna, buscando no alarido o seu espaço.

Sonho os mesmos sonhos que aquela mulher negra de peruca ruiva, óculos com hastes vermelhas e lentes espelhadas; que o rapaz com seu panamá de ráfia, espetado por uma pena branca; que a baiana com sua saia rodada, a bata rendada, cabelos embrulhados pelo turbante; que o esguio abissim rastafári e suas roupas largas; que o índio boliviano, com seu chapéu-coco e poncho multicolorido; que o mineiro de chapéu de feltro cinza e terno amarelo-gema, seu guarda-chuva engessado no braço esquerdo colado ao corpo. A sirene da polícia e a lâmpada giratória sobre o capô alardeiam um corre-corre. Uns daqui, outros dali, bancadas de madeira retrátil são escondidas, as toalhas que as cobriam agora fechadas sobre as pontas, partes dos trajes de outras gotas do rio. Os guarda-sóis são palmeiras raquíticas, que oferecem sombras bamboleantes para as frutas. "Antes de cantar, Ângela Maria comeu desta melancia."

Cantando estridentes em um dos braços do rio, o fliperama e o menino. Com roupas de couro agarradas ao meu corpo frágil, danço alucinado sobre o piso do quadrilátero, colorido e pulsante, coloco meus pés sobre os pontos luminosos que se acendem em uma torrente que mal posso acompanhar. Não toco nas barras de segurança, e aquela menina pálida, assexuada, me observa com gestos de aprovação e uma destemperada alegria. Desmanchado em suor, o cabelo grudado na testa, o coração pulsando na garganta e empurrando o peito, tiro a jaqueta, coloco outra moeda e inicio mais uma rodada, mais rápida, em busca do prêmio inatingível.

O mesmo prêmio da repórter, que se aproxima do casal deitado sob o pórtico da *União dos Bancos*. A mulher amamenta um dos filhos. Teve doze ao todo. Perdeu quatro. Seis, a justiça tomou. "Estes dois são dele", ela diz, apontando para o homem ao lado.

"A gente sofre muito, até cospem nele. Ninguém olha pra gente. Amamento até secar o leite. A comida é pouca, mas o leite é farto."

"Estou com ela faz uns dois anos. Ela fala por nós, não tenho jeito pra isso. Não sei falar. Aprendi a 'bater' carteira, jogar para o parceiro contar o dinheiro mais adiante e sair na carreira; das coisas que dão sopa por aí, pego, troco, me viro para arranjar alguma comida. Cansei da competição. Até na cadeia ela existe. Quando sobra alguma coisa, arranjo umas pedras pra esquecer. Durante o dia escondo as minhas coisas e ela fica aqui, na porta, as pessoas têm dó, e 'sempre arranjam alguma grana.'"

Com a grana do dia no bolso, o asiático corpulento, carregador de mercadorias, termina sua jornada na hora do almoço, toma sua sopa de legumes com pimenta e vinagre, pelando de quente, e não move um músculo. Não dou a mínima. Sofri de uma paralisia no rosto que o médico chamou de síndrome de Möebius e, por isso, ninguém sabe o que dizer de mim: minha face não tem expressão nenhuma, o rosto é sempre igual. Divirto-me com uma vara de bambu medindo quase dois metros, toda lixada e cheia de areia, vedada e pintada com tinta imitando alumínio. Fico aqui na esquina e faço dela um poste ereto, firme, seguro pelas minhas mãos. Coloco um tripé com um aviso de cartolina junto a mim. Hoje, o pessoal da tevê está fazendo entrevistas. As mulheres passam, leem o cartaz — *Dança do Poste* — e, ato contínuo, fazem alguns movimentos tímidos. Tentam adivinhar pelo meu rosto o que estou pensando, e não veem nada. A clareira se forma. A segunda se encosta virando-me as costas, logo em seguida trepa com os pés na parte mais alta, depois desce coleando o corpo até o chão, pousando sinuosa, e recebe uma ovação. A próxima fica mais animada e, sem se preocupar com a saia, agarra-se à vara como se fosse o seu parceiro, bamboleia, arroja-se para o alto e estica as pernas em espacate. A plateia vai ao delírio. Algumas mulheres a xingam, claro, mas isso apenas lhe renova o ânimo.

O que atrai a reportagem para mais perto. Os camelôs se aproximam também, falando, gesticulando; os vendedores das barrancas só observam. A repórter escolhe para entrevistar uma senhora sarará, de lenço verde na cabeça, olhar esgazeado. Não quer saber de nada, nem de ninguém, está ali para vender. Ameaça o cinegrafista com um cabo de vassoura guardado para estas ocasiões, e diz: "Sai, sai. Ninguém mexe nas minhas coisas."

Ouve-se ao fundo: "Nem os *home* consegue tirar nada dela, passam reto. Têm medo. É a única entre nós que se safa."

Alguém comenta: "Ela tem família, o marido é vendedor no viaduto ali perto."

A equipe se desloca, e com ela a pequena multidão. Outra ambulante pede para ser entrevistada, consegue seu intento, pede desculpas e diz que precisa ir ao banheiro.

"Me espera, que eu já volto."

O cortejo segue adiante para encontrar o vendedor: um homem impecável, de terno, camisa social e gravata, caminhando com alguns cones de papel branco e brilhante na mão direita, erguida ao máximo. De fato, é o máximo em vendas.

"Trabalho aqui faz vinte anos. Sempre vendendo amendoim torradinho. A senhora desculpe, mas não tenho como conversar agora. Estou no melhor do dia, é a hora do almoço. Abro o sorriso, olho para o lado e digo: *Oooooiiiiiiii*. É o meu reclame."

A repórter me diz: "Há problema se eu acompanhar, aqui ao lado, o seu trabalho?" Digo que não com a cabeça, e entre um grito e outro conto as minhas peripécias. "Comecei a trabalhar como todo mundo, de sandália, calção e camiseta, um sorriso sempre estampado no rosto. Depois de algum tempo, fui abordado pelo polícia, que tentou proibir meu trabalho como ilegal. Um cliente amigo, que vinha logo atrás, se apresentou como delegado da Polícia Federal, ordenando ao outro que me deixasse em paz. Me deu seu endereço e pediu que eu fosse até lá. Ganhei dele um terno completo, um par de sapatos, camisa, gravata, tudo, enfim. As minhas vendas triplicaram logo no primeiro mês. Aprendi muito com isso. Jamais abdiquei da imagem. Hoje, a senhora pode ver, estou com uma equipe me ajudando. Aponto para meus quatro sobrinhos: um cuida de trazer sempre amendoim fresco e quentinho, os demais ficam nas imediações para completar o faturamento. Logo, logo, estarão todos equipados para o trabalho. Meus clientes dizem que eu deveria ter registrado o nome *Oi*. Que hoje eu estaria rico. Que nada, se eu tivesse registrado, eles usariam *Ai*." (Sorriso)

"E sorrindo, escondo o marrom da pele por trás dos meus dentes e vou vendendo meus acarajés, famosos em toda a região. Acordo às cinco e meia para pentear meu cabelo e começo a bater a massa, deixo a comida do dia toda preparada. Nunca ofereci comida dormida. Só a feita no dia, para qualquer criança poder comer. Não sou daqui, sou da Bahia: *Ah, eu vim de Ilha de Maré minha senhora/ Prá fazer samba na lavagem do Bonfim/ Saltei na rampa do mercado e segui na direção/ Cortejo armado na Igreja da Conceição/ Aí de carroça andei, comadre,/ Aí de carroça andei, compadre.* Sabe? Baiano é que nem cachorro: onde encontra carinho, fica. Todo mundo me conhece por aqui. Encontrei meu homem, um pernambucano da gota serena, atleta, centroavante, jogou três temporadas no Íbis, não deu certo, não, só fez um gol. Quando dá cinco horas, arrumo minhas coisas e vou pra casa. Meu negão está me esperando, tomo meu banho, conversamos, tomamos cerveja e brincamos. Ele é bom no *plantão*, sabe? Não, não posso ficar nervosa porque fico feia, e se eu ficar feia ou triste ele arranja outra. É mais novo do que eu, fogoso demais. Não tem defeito. Só o futebol. Vai todo fim de semana para o diabo do campo. No outro domingo o ameacei pra que ele ficasse em casa. Se ficasse só ia fazer arruaça, botar um par de chifres nele. Ele me disse: 'Pode botar, mas eu quero, vou voltar pra casa feliz. *Nem Vem Que Não Tem/ Nem vem de garfo/ Que hoje é dia de sopa/ Esquenta o ferro/ Passa a minha roupa.*' Vestiu os óculos de decisão de campeonato (duas estrelas: uma branca, outra preta), a arruda e a figa de Guiné."

O Senhor Adib é dono de um restaurante. Ao terminar o horário do almoço, oferece uma quentinha para a sarará, a Saracura — suficiente para ela, o marido e os filhos que deixou em casa —, uma ambulante magra, cabelo pixaim coberto pelo lenço e rosto marcado pelas rugas, pelo sol e pelo sul, aparentando muito mais do que os trinta e cinco anos que tem. Defende-se da polícia gritando feito maluca. Dizem que trabalha para o homem que fornece a muamba para ser vendida. Mora em um contêiner com a família. Aproveita o sono leve e faz a guarda das mercadorias do patrão.

Pelo meio da tarde, o rio deságua no deserto. Cessa todo o comércio e os vendedores se vão, junto com alguns fregueses, divididos em três grupos: os homens para assistir à final do campeonato, as mulheres para lavar a escadaria de uma capela próxima, ou dos Aflitos ou dos Enforcados, e os pares de namorados para preparar a festa de comemoração, à noite.

Eu e você nos encaminhamos para aquele espaço fechado, por detrás de várias portas e cadeados, que chamamos de trabalho ou lar. Com uma vontade de apagar tudo, de não pagar nossos débitos. Sim, as pessoas se achavam dignas de um crédito pessoal conosco, ilimitado. E apagar significa começar do zero em outro lugar, uma nova história. Para encontrar o dia original depois do final dos tempos, o primeiro de todos os outros dias. Mas tudo isso é um erro. As pessoas que observei — observamos? — demonstraram isso, sem intermediários.

RACHEL

"Bem-vindos à Rachel. Vocês são nossos convidados neste passeio desde Manaus até Paris. Ofereceremos conforto, paisagens, pessoas e o manso fluir do tempo, até a chegada. Lá, exibiremos as imagens digitalizadas de Santos Dumont circulando a Torre Eiffel com seu 'número seis', em 1901. A tripulação é comandada pelo Capitão Damião de Góis. Nosso dirigível é alemão, de última geração. Sou a comissária-chefe de bordo, Lena Van Diesen, e estou apta a satisfazer todos os seus anseios, durante e depois de nossa jornada."

Alguns dias depois, levei o Mantis Carolina a um amigo que vinha mantendo uma fêmea solitária como mascote. Quando foram colocados no mesmo ambiente, o macho, alarmado, procurou escapar. Em poucos minutos, a fêmea conseguiu agarrá-lo. Primeiro, devorou-lhe a tíbia e o fêmur. Em seguida, roeu-lhe o olho esquerdo. Só então o macho pareceu dar-se conta da proximidade de um indivíduo do sexo oposto e pôs-se a fazer vãs tentativas de acasalamento. Em seguida, a fêmea comeu-lhe a perna dianteira direita e decapitou-o, devorando-lhe a cabeça. Só parou para descansar depois de ter comido todo o tórax do macho, exceto um bocado. Durante todo esse tempo, o macho persistira em suas frenéticas e vãs tentativas de ganhar acesso ao duto da fêmea, o que conseguiu apenas quando ela, voluntariamente, se posicionou por sobre ele, ocorrendo então a união. Sobreveio uma paz magnânima, ela permanecendo quieta durante horas. Já os restos do macho não só apresentaram sinais de vida, mas se mantiveram intensos na corte e vorazes na cópula, durante três horas. Na manhã seguinte, ela se livrara completamente do cônjuge e nada havia restado dele, além de suas asas. — L. O. Howard, Revista *Science*, 1886

João Siqueira foi, durante toda a viagem, o alvo das atenções. Conduzia o maior rebanho do país. De origem humilde, sempre serviu aos poderosos, até que alcançasse e ultrapassasse o limite de sua dignidade. Perdeu pouco tempo na escola ao perceber que se tratava de pura perda de tempo, apenas bobagens. Cabulava as aulas e vendia jornais. Comprou uma árvore genealógica que lhe deu nobreza de origem e acrescentou o holandês 'Van Der Ley' ao nome. Era um homem de monocórdia obsessão: colecionar dinheiro. Gostava de comer, da picanha, só a gordura, e de subir as escadarias de toda Igreja que encontrava. Sabia tudo a respeito de carne. Desde o preço, em todos os mercados, à qualidade. A melhor origem e o destino mais lucrativo. Tratava as mulheres com brutalidade e charme; jamais se deixou vencer por nenhuma delas, incluindo a comissária.

Para esse passeio havia escolhido uma atriz iniciante, Scarlet Starlett, disposto a investir na carreira dela (cheirava, de longe, um bom investimento). Era alta, sueca, cabelos louros nuançados, de seios majestosos e sem aquela bunda chata. Estava fadada ao sucesso; adaptada aos dois hemisférios, sabia representar como ninguém.

"Escolho as minhas namoradas pelo som que emitem durante o sexo. Não tolero mulher silenciosa. Silêncio só de dia, e quando eu falo. À noite quero ouvir gemidos, gritos, soluços ou pranto. Há que haver intensidade, loucura, incentivo. Minhas transas e casos são rápidos e famosos. Mulheres, só as de espírito livre, com disposição para serem amarradas, conquistadas, sujeitadas. Dando, e recebendo, muita dor e muito prazer. Nunca mais quero sexo-baunilha. Chega do tradicional. Exploro até o último limite a dor salvadora, que conduz ao orgasmo infinito. Estase. Meu amigo morreu enquanto se masturbava. Sem ar, sufocado pelos cordões da cortina, num hotel de Jacarta (*Hey, don't knock masturbation. It's sex with someone I love*). Tinha escolhido aquele lugar só porque lá a pena pela prática é a decapitação."

O interior foi decorado de maneira a se parecer com uma tenda árabe, com vários ambientes: refeições, anfiteatro e espaço de estar forrados com tapetes de seda, originários das aldeias da Pérsia. A atração era um Ardabil com motivos florais, trevos nos cantos e medalhão no centro, lembrando a mesquita das mulheres de Isfahan, Sheik Lotf Allah. A sensual escala de cores, desde o original vermelho profundo passando pelo ouro velho e fosco, salpicada de azuis e verdes, preparava para o branco do fim. O desenho do mestre parecia retratar sensações hoje perdidas.

Eu? Faço parte da tripulação, vestido de branco exceto pelo azul da gravata, em traje de marinheiro anos 1930 (Ginger Rogers & Fred Astaire): calças boca de sino e boina canoa. Antes de ser contratado, trabalhava como dublê. Saltar de um penhasco de trinta e cinco metros até encontrar a água? Pilotar uma Ferrari a duzentos quilômetros por hora e provocar uma explosão? Voar baixo em uma lancha nos canais de Veneza? Pular da barriga de um avião? Era o que eu fazia. As mulheres, fossem as do elenco ou as apenas curiosas, me adoravam. Vivia rodeado delas. Também escrevo: escritor de gaveta. Sou uma pessoa maleável; gosto de ser gentil e agradar os outros, sei escutar, impedir meus ímpetos violentos e cruéis. Contrariar uma criança? Jamais. Devo minha vaga ao meu diálogo, à capacidade de encontrar palavras harmoniosas, conferindo um efeito estético a qualquer papo.

O dublê é bom de cama. É meu gesto para fazer ciúmes ao João e me aliviar. Além disso, ele é carinhoso e cuidadoso. Permanecemos horas brincando, ele parece ser inesgotável. Tem um quê de marionete, distante, depois de algum tempo. Vive com a cabeça no ar. Ontem, me convenceu a apimentar a relação, pediu que eu usasse roupa de couro e portasse um chicote. Em seguida, tentou me submeter com violência. Fiquei machucada, frustrada e ofendida.

Viajar em um zepelim foi ideia da agência de publicidade: despertar o interesse ao longo das cidades visitadas e atrair a curiosidade pelo novo lançamento da Kiboi S.A, um filé de gado negro asiático para o qual o Japão, através de pesquisas genéticas e cruzamentos planejados, produzira a raça. Perfeita para o consumo: alcançava o máximo em maciez, sabor e preço. Fui o encarregado de revisar e preparar o texto de divulgação do produto, de uma forma clara e persuasiva:

O homem levou consigo o gado, caminhando para onde nasce o sol, atravessou desertos e um último braço de mar até chegar a uma ilha em forma de adaga. Lá, plantou arroz para matar a fome e considerou o animal que o auxiliava como parte da família. Em respeito ao Buda, proibiu o consumo da carne dos que tivessem longas pernas. Muitas guerras se travaram até a Era Meiji, quando o próprio imperador posou comendo carne, aconselhado pelos ilustres visitantes em seus uniformes brancos de galões dourados, vindos do oeste distante. E os japoneses adquiriram esse hábito. O gado passou da tração à carne. E, para tanto, engendraram a raça perfeita para o consumo. O tratamento foi ainda melhor: acupuntura, massagens, maçãs, cerveja e grãos empapados em saquê. A cerveja é a responsável pelos veios brancos no rosa da carne, e também pela população saudável de germes no rume. O animal não faz esforço desmedido, caminha pelas fazendas familiares onde ainda é criado. Tem físico saudável. Não se distingue a gordura da fibra. Elas estão entrelaçadas, uma imagem bela como o mármore. Mundos de prata e mundos de ouro rubro. *Uma faz parte da outra. Não se separam mais, graças ao azeite natural. O primeiro a experimentar o sabor, gostou; jamais se esqueceu, entregou tudo o que tinha para repetir a sensação. Seu sabor é comparável ao* foie gras: *o mesmo pecado, sem nenhuma culpa. Provou desde o sopro vital até o ápice do prazer para os sentidos, com um só bocado. O volátil desapareceu e se transformou em matéria, em carne. Loucura: belos gestos, egoísmo, traição, beleza e altruísmo, gordura, músculos. Graças a ela, construiu-se o Taj Mahal.*

Seu texto se inicia na página quinhentos de um livro igno-rado e termina lá pela página duzentos de outro. É impossível de acompanhar ou entender, um murmúrio igual, monótono. Dá o prazer existente em espetar o pé de uma criança na imbuia do piso e exigir que fique girando incessantemente. Não quero saber a verdade do mundo. Aquele que está cem por cento certo é o maior canalha que pode existir. Você me descreve como se eu fosse um filho-da-puta. Não quero seus fatos, sua ironia, quero só ouvir o som da minha própria voz. O fato é o lucro. Essa é a minha lei. E com você eu perco. Encontrei, em Paris, um escritor de sucesso. Ele, sim, é um autor que vende livros. Autor que elogia e é elogiado, não apenas um conversa mole. Naquele, renasceu o espírito de quem que escreveu as aventuras de James Bond.

O evento foi um sucesso. Cozinheiros, jornalistas, *socialites*, todos aprovaram o produto. Aquele cetáceo de prata, com sua sombra-ilha projetada no solo, foi o centro das atenções. Lena prestou queixa contra mim, por agressão. E acionou o João, pedindo perdas e danos. Scarlet foi contratada por um grande estúdio. Aluguei, por parcos euros mensais, um quarto no apartamento do Sr. Colomb, na Rua Simon-Grubelier, e o ajudo na edição de seus almanaques. O próximo será destinado ao cruzadismo em latim.

Mapa d'Água

entre graças e gritos,
pino entre gretas e grades.
quem somos.

Mentaculus

Mulher recebe por engano 20 quilos de maconha pelo correio.

Atônita e com receio de ser acusada como cúmplice, caso chamasse as autoridades, preferiu vender a mercadoria e consumir uma pequena parte. Com o resultado de seu trabalho transformado em dinheiro, foi à procura do remetente distraído. Tencionava apresentar a prestação de contas, pagar pelo que tinha consumido e, quem sabe?, receber uma gratificação pelo gesto.

A venda não causou dissabores. A quantidade era muito pequena, diante do número de pessoas que a procuraram. Filas se formaram, chamando a atenção de seus vizinhos, a quem explicou, em conversas banais, ter publicado um anúncio em um site de relacionamentos dizendo-se honesta, bonita, com idade de 25 a 37 anos, solteira, empregada, com salário anual de cinquenta mil dólares e inclinação sexual indefinida. Evitou colocar foto, em virtude de sua timidez.

Todos os esforços na busca do remetente se mostraram inúteis. Ninguém o conhecia. Passou alguns dias naquela cidade, tentando obter pistas. Alugou um seriado, por indicação, chamado *Weeds*.

Pediu demissão do emprego, mudou de cidade e, utilizando os contados feitos por ocasião da venda do pacote original, tornou-se uma fornecedora habitual e discreta do produto.

Todos os dados pessoais foram omitidos a pedido da entrevistada. Ela também pediu para que deixássemos claro que ela nada recebeu para conceder a entrevista. Indagada se aconselha o consumo da erva, pediu a transcrição integral da resposta:

"Não aconselho. A desordem psicológica, alimentar ou afetiva desaparece. Seu pensamento é um Gavião de Penacho, e tudo fica distante e sereno. Simurg. Compreende-se o Gato de Schröndiger. Você descobre que tudo é e não é. Sente o ruído finíssimo da chuva tocado pelo Kodo, e milhões de neutrinos atravessando seu corpo. Andar vestida ou despida não faz diferença. Oi, Teddy! O contato humano não é mais hostil. O vazio dá muito medo. Volto à infância. Quero mandar meu abraço para o Farid Attar."

Homem perde controle de veículo enquanto fazia sexo e destrói casa.

O casal, morador do condomínio Pomar, saiu da cozinha e foi para a sala de estar conversando sobre o conteúdo do relatório final da pesquisa a ser enviada para cientistas britânicos. Um grupo de aproximadamente quinhentas pessoas concordou em avaliar seu desempenho sexual mediante o uso de preservativos de tamanhos inadequados e o quanto isso atrapalha, ou não, a relação sexual. O marido é engenheiro, e elaborou uma planilha com todas as tentativas efetuadas, data e hora, bem como o tamanho da camisinha utilizada e o resultado final, se o orgasmo foi atingido, pleno, parcial ou falhado. Se houve ou não irritação da genitália do marido, ou da mulher, ou de ambos. A capacidade de deslize, a sensibilidade.

Nesse momento, ouviram um estrondo, como uma pancada e um rangido de coisas se partindo, e correram naquela direção. Encontraram a cozinha e a lavanderia inteiramente destruídas. Dentro, uma caminhonete Dodge soltava fumaça, como se estivesse com raiva de estar ali. Abriram a porta. Encontraram um casal. Desmaiado. Dispostos a encontrar os ferimentos, interromperam a busca, boquiabertos.

Não haviam desmaiado com o acidente. Estavam parcialmente nus da cintura para baixo e em posição de repouso, após o ato. Plácidos e satisfeitos. Despertaram às custas de água fria, tomando conhecimento dos danos causados. Sem demonstrar inibição, os jovens, aparentando vinte e cinco anos, relataram sua aventura. Tinham acabado de assistir ao filme *Crash* e gostado muito, principalmente das cenas de sexo dentro de automóveis, das perseguições e acidentes. Queriam saber se o prazer seria, de fato, maior do que o normal. Escolheram correr pelas ruas de seu condomínio, por questões de segurança. Declararam não imaginar que o prazer fosse tão grande ao ponto de fazê-los desmaiar. Não sabiam informar se a ingestão de álcool tinha contribuído para o efeito. Informaram que os pais se responsabilizariam pelos prejuízos: cinquenta mil dólares. O rapaz foi preso, acusado de dirigir alcoolizado.

Diante do estado em que ficou a residência, o casal se transferiu para um hotel próximo. Lá, o marido tentou terminar o relatório. E chegou à conclusão: o tamanho é fundamental. Os fabricantes deveriam alterar a classificação do produto: de pequeno, médio, grande e super, para grande, super e gigante. Perguntou a opinião da esposa:

"*Timing* é tudo".

Raposa no galinheiro.

Veio de Basildon, Essex, a notícia de um galo chamado Dude. Tinha se livrado de uma raposa quando de sua última e sorrateira visita ao galinheiro. Ela, por sua vez, era reincidente, invadira o galinheiro no último Natal, chupando todos os ovos e matando uma galinha. A proprietária, Miss Marple, 43 anos, logo se esqueceu do incidente; mas o galo, não. Hoje, ao retirar os ovos para o café da manhã, percebeu a confusão: o poleiro em forma de tábua caído no chão, e, sob ele, o corpo inerte e frio da raposa, coberta de sangue, da cabeça às patas. O local não foi invadido, não há nenhum vestígio estranho, tudo em paz, exceto as marcas das diversas bicadas na cabeça do animal. E concluiu: "Foi o meu carijó, de quem já levei várias corridas, com a ajuda das meninas, o autor do crime."

O fato, divulgado no jornal do Metrô de Londres, foi lido por uma diplomata brasileira que estava na cidade em visita de negócios. Tinha acabado de participar, vestida de baiana, do debate no Conselho de Direitos Humanos das Nações Unidas. Preocupada, cuidou de fazer contato com a editoria do jornal para conseguir alguns números extras da edição. Queria enviá-los a seus superiores, e também para o marido, torcedor do Cruzeiro.

Vocês viram La Fontaine?

A revisão das fábulas parece não ter fim. Notícias dando conta do contrato de milhões assinado pela cigarra, para as próximas temporadas na Broadway, turbaram o ambiente no formigueiro. Devotadas ao trabalho, as formigas, principalmente as operárias, confessam a tremenda humilhação diante das outras pela ordinária preocupação com o inverno, com os grãos e a economia para os tempos de escassez. Apesar das acusações de exagero contra a imprensa, a cigarra nunca mais apareceu para pedir abrigo. As conhecidas amigas do batente estão reticentes no trabalho duro, pensando em fazer um curso de canto, dança ou mágica.

Enquanto isso, na cidade de Dongguan, Província de Cantão, Xiang Jun, 26 anos, está desempregado, e seus esforços para encontrar trabalho resultam em nada. Gastou suas últimas moedas fabulando uma solução. Após beber uma boa quantidade de aguardente de arroz, subiu em uma torre de fios de alta tensão e ali dançou como equilibrista. As autoridades se apressaram a desligar a energia e, durante quatro horas, tentaram convencê-lo a descer de lá. Conseguiram, depois de prometer conseguir uma vaga em um formigueiro local. Satisfeito, Xiang deixou o corpo cair sobre um colchão cheio de ar. A imprensa local (*Guandong Daily*) não noticiou o fato.

Singuratat

Sei que sou totalmente indigno de opinar em matéria
política, mas talvez me seja perdoado acrescentar que descreio da
democracia, esse curioso abuso da estatística.

J. L. Borges

Chego após conseguir me livrar da cidade congestionada. Um dia exaustivo, calor, umidade, pressão, ansiedade, interesses, negócios. Solto o colarinho, tiro a gravata e o paletó e os coloco no devido lugar. Estranho o ambiente arrumado, as crianças na casa de amiguinhos, o inabitual jantar prestes a ser servido. Trocamos beijos de boa-noite. Elena está vestida de preto, em contraste marcante com sua pele muito branca. Lembra-me aquela que conheci. Trouxe um documentário para assistirmos: *Singuratat*. Abrir a janela, me esquecer dos problemas.

Conta a história de um casal e sua vida em um país europeu antigo, pobre, ex-colônia do império Romano, na região dos Cárpatos. Ele, filho de lavradores, com pouco estudo e muita força de vontade, subiu na hierarquia do poder graças a seu senso de oportunidade. Ela também veio do campo. Frequentou por alguns anos o ensino fundamental, destacou-se em bordado.

Quando surgiu a chance de conduzir o país, ele se apresentou. Trouxe consigo a esposa, parentes e amigos. Administrava a nação como se fosse a sua casa. O momento econômico era favorável e o inimigo estrangeiro estava afastado para sempre. "O sucesso seria dividido apenas entre nós, e ninguém mais."

Usou de toda a sua energia. Não se intimidou diante das dificuldades e as ultrapassou, passando por cima de todos que ousassem divergir de seu pensamento. Construiu uma rede de informações; contratou os melhores poetas, artistas e engenheiros. Encenou muitos espetáculos, contando a sua visão peculiar da História. Lembrou os reis e as lutas do passado. Deixou que o chamassem de Pai da Pátria. Exilou os dissidentes. Tratou de construir e de comemorar. Erigiu palácios e distribuiu moradias. Sagrou uma comunhão eterna. Acumulou fortuna. Graças ao tempo em que trabalhou como secretária em uma indústria química, sua mulher era tratada, por exigência dele, como *cientista de renome internacional*. Os revisores eram punidos por qualquer erro de grafia nos seus nomes. Controlava toda a programação da tevê, imprimiu um minucioso manual das cenas, ângulos e situações permitidas. Governava por meio de imagens.

Espalhou o medo. Todos tinham medo de falar, de contestar, de apresentar qualquer sugestão. A liberdade se reduziu aos bilhetes com pedidos de casamento, colocados nos bolsos dos paletós pelas operárias da indústria. Obedeciam-no, submissos. Cada concessão era um pedaço oferecido pela consorte. Seus pedidos não pararam. Ao se reeleger, recebeu um cetro dourado, obra especial de seu joalheiro.

Depois de vinte anos de prosperidade, como sempre, as coisas mudaram. Toda a produção passou a ser vendida para pagar as contas. O dinheiro escasseou. Havia pouca comida. A quantidade de insatisfeitos aumentou. Ele foi para o estrangeiro e pediu dinheiro emprestado, mostrando seus planos mirabolantes de sucesso no futuro. Iniciou o processo de compra de aviões de um reino distante. Para tal, exigiu ser recebido com a máxima pompa oferecida a um Chefe de Estado. Desfilou imponente perante multidões. Sua mulher foi laureada pelo Instituto Real de Química. A negociação fracassou quando ofereceu produtos agrícolas como pagamento.

Recusou todas as sugestões de mudança. Ignorou as deserções. "Todos traidores, vermes oportunistas." Era comum o "suicídio" do responsável. Os subordinados não mostravam os relatórios desagradáveis. Considerava-se o pastor de seu povo, e compreendia ter chegado a época das pragas do Egito. Tinha o filho, um bêbado, jogador inveterado, como sucessor.

Assistiu naquela noite à história do presidente que tanto admirava. Repetiu várias vezes a cena do cortejo na Dealey Plaza. O conversível deslizando solene. Os acenos para o povo, exatamente como ele fazia. As bandeiras. A emoção transbordante daquela união entre o povo e o pai. Sentiu fisicamente o amor daquela esposa se jogando para trás a fim de defender o marido. A bala que esmigalhou a cabeça dele restou como um detalhe menor.

Ninguém ousou contestar sua decisão de reunir o povo. Anunciar suas ordens. Prever um futuro brilhante. Pregar paciência e luta na praça de costume, palco de seu discurso transmitido ao vivo para todo o reino. No transcorrer da transmissão, uma confusão prendeu sua atenção e brecou sua fala. Viu o paraplégico se levantar da cadeira de rodas. A multidão gritava palavras de ordem e quebrava a Ordem. O fragor se dirigia a ele: "Liberdade, liberdade." Alguém cochichou: "Tomaram o prédio." Ele e a mulher fugiram em um helicóptero, obrigando o piloto a decolar sob a mira de um revólver.

O casamento estava desfeito. A população dominou as instalações da tevê estatal, retirou as câmeras do almoxarifado e passou a gravar todos os seus movimentos. O poder se estilhaçou. Os rebeldes encontraram o Primeiro Ministro escondido e o colocaram no ar, exigindo, segundo as leis vigentes, que renunciasse.

"Queremos ficar na legalidade."

Mostravam cenas de soldados se abraçando aos manifestantes. Invadiram o prédio do comitê central e jogaram pela janela centenas de livros. Queriam encontrar os simpatizantes do ditador, os integrantes da polícia secreta. Quase ninguém aparecia. Todos apresentavam documentos de identidade provando inocência.

"São documentos falsos", ouvia-se uma voz sem rosto.

Encontrou-se o filho do casal. Estava com a testa ferida, um filete de sangue, o olhar esgazeado, parecia não compreender o que estava ocorrendo.

O julgamento da dupla foi transmitido ao vivo. Apesar de nervosos, ele sempre aquietava a mão dela com a sua. Queria ter a última palavra, o último argumento. Mas era necessária a imagem;

a palavra perdera integralmente o seu valor de informação, de transformação. A imagem reinava soberana. A imagem e a bala.

Ambos foram executados, a câmera conferindo as identidades dele e dela, em close, mostrando os procedimentos adotados para a acomodação dos corpos nos respectivos caixões: "Seria aquele sacrifício capaz de reconstituir o corpo quebrado, devastado e nu?"

Logo após o término do documentário, a esposa se aproxima, senta e diz: "Nicolau, precisamos conversar."

Artur Alves Reis

Com esta flor um futuro está morto.
Jorge Luis Borges

Viveu, bem vividos, noventa e oito anos. "Português da gema", como gostava de dizer, acrescentando um acento carioca à origem enquanto denunciava seu gosto apaixonado por pastéis de Santa Clara. Viajado e de bom humor, constante e contido. Sempre creditava o espírito ao corpo: era bem formado, quase atlético e de ombros largos, apesar de não muito alto. Odiava camarão e, de uma maneira geral, os esportes, principalmente aqueles que nos iludiam, dando alguma impressão de controle. Nariz aquilino, rosto quadrado, boca sem lábios. Cabelos ralos e olhos meigos. Reunia os amigos para jogar mahjong, que aprendera em Macau e tratava de difundir entre seus parceiros. Gostava também dos dados. Ele mesmo fizera com ossos o seu par, de pontas arredondadas.

Era um homem prático, sempre com uma atitude positiva, de múltiplas habilidades: marceneiro, bombeiro, jardineiro, artesão, palhaço, mágico, tropeiro, pescador de pérolas, domador de elefantes, madeireiro e crupiê. Hábil transformador de formas, recolhia objetos jogados fora e os transformava em artigos de rara beleza. Apresentava-se como preguiçoso profissional, livre, independente de espírito; irritava-se com qualquer conclusão lógica: "Redução frívola."

Gostava de sentir o tempo parado, sem passado nem futuro. Apenas existia. Diziam que seu tio fora responsável pelo maior abalo em Portugal, depois do terremoto que devastou Lisboa em 1755. Se orgulhava de Fernando Pessoa acompanhar o julgamento, anotando tudo cuidadosamente. Cuidava de uma cadela, Lindinha, e de uma gata, Sultana. Abandonados, temiam pegar o alimento de suas mãos. Os colocava em terrinas e os deixava em paz. Foi escolhido por Sultana, que quedava a maior parte do dia dentro da casa, enroscada entre suas pernas. Lindinha não se rendia, continuava esquiva, apenas comparecia no horário, desconfiada, olhos irrequietos, orelhas ligadas.

Certo dia, no horário do almoço, apareceu uma mulher: alta, magra, pômulos salientes, lábios e seios carnudos, silenciosa, cabelos grossos formando tranças, roupas desarranjadas, multicoloridas e gastas. De poucas palavras, sentou-se ao lado da cadela, como a esperar por comida. Artur ofereceu-lhe um prato e abrigo. Sem palavras. Apenas indicou o lugar à mesa e o cômodo seco e arejado, com um catre limpo. Com o tempo, aprendeu com ela as histórias de muralhas construídas sob as ordens de Bilikisu Sungbo em Eredo, na cidade de Ijebu Ode, para defesa contra as Ondas Brancas, com quilômetros de comprimento e vinte metros de altura. Histórias que sua avó lembrava e contava todos os dias ao final da tarde, junto ao fogão de lenha, na costa do cacau em Itacaré.

Não tinha nome; as pessoas a chamavam de Nega Luísa. Passava seus dias a dirigir o trânsito em cruzamentos de tráfego intenso: parava uns, liberava outros. Quando alguém ousava desobedecer à sua ordem, levantava a saia rodada, exibia o corpo nu, bem feito, e dava um berro forte de protesto, que se ouvia de longe. Arisca, não dava trela a ninguém. Conversava só com Artur. Com o tempo, passou a fazer parte da paisagem do bairro.

Consideravam-na amalucada ou iluminada. Ganhara o respeito e vencera o semáforo, agora inútil. O tempo a fez se sentar. Sentada, recebia trocados de todos que passavam por ela, sem pedir. Artur a ensinou a dizer palavras de agradecimento, depois de observar seu comportamento. Deu uma polida naquela pedra, para que o seixo corresse mais rápido. Guardava dinheiro sob o colchão de sua cama. Ela e Artur faziam bandejas e quadros com pedaços de dinheiro guardados sob a cama — mil réis, cruzeiros, cruzados, reais —, pintados e cortados em forma de asas de borboleta. Além de contar as histórias dos Iorubás, falava das ondas e das nuvens. Depois que deixara a Bahia, não tornara a ver o mar, nem o cacaueiro. Contentava-se em ver as nuvens, dava-lhes nomes, conversava com elas também: uma, que parecia um pilão, lembrava-lhe o milho e a pamonha quente, cozida em folhas de milho ou de bananeira. Um dia, pediu a Artur que a levasse à praia. Queria ver as ondas, sempre diferentes, eternas e efêmeras. Queria que sua vida fosse assim, como uma onda ou uma nuvem.

Fazíamos parte de sua mesa de jogo, todas as semanas. Eu, seu vizinho, me chamo Tomás Paar. Quando nos conhecemos, ao ouvir o meu nome, imediatamente respondeu: "Ímpar!", escondendo a mão, atrás. Hoje, ele sempre diz, sorrindo: "O que tomas?"

Karel Vanderstappen, holandês, que tem um hotel na Ilhabela e se tornou o *Zé da Ilha*, é outro participante, alegre, de bem com vida. Ofereceu sua casa para quando se fizesse a viagem das ondas.

Macário Smerdiakov, russo, nascido na fronteira da China, tem uma cabeça redonda onde os cabelos amarelos ficam grudados, quase imperceptíveis, olhos oblíquos e azuis, atarracado, o mais sério do grupo. É torneiro mecânico, muito ordeiro, uma pronúncia horrível, duro e de bom coração. Odeia soviéticos e impostos. Virou Esmérdia na hora.

Jogávamos sempre a dinheiro. O vencedor do dia era o responsável pelo jantar. As rodadas eram regadas a vinho, escolhido por Artur, que o chamava "água do esquecimento"; a vodka, escolhida pelo Esmérdia; e a cerveja, escolhida pelo Zé da Ilha. Depois da terceira rodada, qualquer ordem se transformava em desordem. Quando o Artur vencia, insistia para comermos em casa, da sua horta e de seu pomar, como gostava de dizer. Aceitamos a primeira vez, mas apesar de cozinhar muito bem, o obrigamos a sair pela cidade dali por diante.

O melhor do jogo eram nossas conversas, infindáveis, histórias possíveis e impossíveis. Hoje, quero contar apenas um pouco da vida dele, recordar aquilo que ele me contou. Era órfão, criado pelos tios. Nasceu no dia sete de março e morreu no dia quinze do mesmo mês. No dia do seu aniversário, fomos ao cinema assistir a uma comédia musical. Convidou a Nega Luísa. O convencemos da impossibilidade de levar Sultana, apesar de seus inúmeros argumentos em contrário. E nos divertimos a valer.

Quando saímos, lembrou do episódio de um mujique e nos contou, encarando malicioso o Esmérdia:

"Um homem levou ao médico sua filha de dezessete anos, que se queixava de uma dor no lado. Este a examinou, pedindo que voltasse depois de duas semanas, e assim sucessivamente, até engravidar a menina. Ao saber da notícia, conversou com a mulher e voltou ao consultório. Ponderou sobre o lamentável erro cometido; conseguiu falar com calma, dizendo que esperava dele, no mínimo, que sustentasse a criança. Não pediria nada mais do que isso. O médico, cheirando o escândalo, concordou na hora. Acertaram as bases: cem rublos mensais. Depois de uma semana, voltou:

'Excelência, caso seja um menino, o valor deve ser maior. Afinal de contas será um macho.'

'Claro, claro... quanto?'

'Duzentos rublos, até a maioridade.'

'Que seja assim.'

Na semana seguinte, tornou a voltar e disse: 'Pensando bem, e se forem gêmeos?'

'Se forem meninos, dobro o valor, e, se for um casal, o valor é proporcional. É sensato assim?'

'É, parece justo.'

Uma semana mais tarde, retorna o pai previdente: 'Meu ilustre doutor, e caso ocorra um aborto?'

'O que se há de fazer? Todos estamos na dependência do Altíssimo, e eu cuidarei da sua menina, claro.'

'Não é bem isso, doutor. Queremos saber, minha mulher e eu, se o senhor daria a ela uma outra chance?'"

Hoje, faz uma semana que Artur morreu. O corpo foi cremado. Levamos suas cinzas e as espalhamos no Atlântico, depois de escolher a onda mais bela, na opinião da Nega Luísa. Depois, sentamos para jogar, desanimados. O jogo a três não é bom, fica manco, desajeitado. Enquanto misturávamos as pedras, ouvimos o cantar do sabiaúna, outro parceiro de nossas tardes. Chegamos até a grande janela aberta para o pomar, e o Esmérdia disse: "Vamos plantar um cacaueiro no jardim?"

MR. DALLOWAY

Se mudou para Ilhabela. Queria viver feito uma ilha. Rompeu quase todos os laços. Manteve apenas a visita aos amigos da mesa, na casa de Artur. Passou a viver a própria vida. Passa por todos que o cercam sem ouvir nada, sem falar nada, apesar do movimento dos músculos da face, que garante não ser deliberado: um reflexo instantâneo e automático que não significa nada, apenas condicionamento. Toda a intervenção na vida alheia se frustrara. Toda a intervenção da vida alheia, também. Restam danos irreversíveis. Apresenta-se como um ectoplasma perambulante, um pedaço de carne, separado dos demais.

Memórias.

Trabalhou em uma fábrica de papel higiênico em Gotemburgo durante um ano. Solitário e entediado, um trabalho mecânico servindo como meditação. Adquiriu o cacoete de coçar sempre o mesmo local, no peito, cantando sempre a mesma canção. Deixou aqui sua mulher. Um amigo da faculdade, Saul, se prontificou para ajudar no que fosse necessário. A princípio, não confiava nele, um judeu com um sorriso constante no rosto, sem as pernas: um riso com tronco e braços. Pobre e conversador. Ria do quê? Um ótimo papo.

Tita, ao contrário, não gostava de conversar, além de fazer o contrário do que dizia. Se indagada, respondia sempre com um clichê, um escudo de palavras para defendê-la do ataque. Gostava de cozinhar. Tatuou no antebraço esquerdo as imagens que ensinam o uso dos fachi. No direito, a imagem de uma lagosta, e, nas costas, uma balançante Salomé que ela fazia questão de mostrar, orgulhosa, requebrando-a com o corpo. Adorava dinheiro e sexo. *Não quero me casar com a miséria, e não sou amiga de ninguém.* Oscilava entre o ódio e o desejo. Dizia que só o tratava mal porque o amava.

Depois de algum tempo, ficou grávida. Saul, o provável pai da criança, o alertara quando ele estava em Bruxelas visitando seus parentes, que haviam noticiado que seu pai cometera suicídio. Professor de uma escola de primeiro grau, temperamento afável, muito tímido, fora alvo da indisciplina dos meninos até o limite do suportável, e se desesperara por não conseguir um denominador comum entre os alunos que não fosse a violência. "A qualidade de vida por aqui piorou bastante", disseram os parentes. Estavam assolados pelos negros da África e pelos chineses que tinham tomado conta da praça principal. "Como ela, nosso comércio foi fracassando aos poucos. Após solucionar nosso problema entre flamengos e valões, pensávamos em desfrutar a vida." O pai não deixou nada escrito. Apenas decidiu.

Alimentos.

Ali mesmo, Zé da Ilha compra dos pescadores o nosso almoço. Geralmente tainha, marimbá, vermelho, parati-guaçu, trazidos pela rede de fundeio, algum camarão, lambe-lambe e, às vezes, um polvo solitário. Mistura-os com bananas verdes, tempero e pirão, e pronto.

"Estive em Angola também, lá fiz amizade com russos e cubanos, os donos do lugar. Fui convidado para um passeio de helicóptero que percorreria a região norte, fazendo o reconhecimento da fronteira com a República do Congo. O passeio foi tenso. Além das pesadas nuvens, o auxiliar angolano não conhecia qualquer rudimento de pilotagem ou aeronaves, provocando no russo uma raiva incontida: 'Todos aqui são assim. A única palavra em português que aprendi para sobreviver é filho-da-puta.' Chegamos a Dundo. No local do mapa onde existia uma colina, havia apenas um imenso buraco, com milhares de pessoas andando, subindo e descendo, armados com pás, picaretas, e balas. O morro desaparecera. Os congoleses tinham descoberto lá uma mina de diamantes e cavado intensa e rapidamente.

Contou que Angola contratava milícias para acompanhar seus comboios. Mesmo assim, nenhum chegou; tampouco voltou qualquer miliciano. O mesmo horror ainda imperava por lá. Gontcharov foi também consultor especial do governo russo nos Bálcãs. E de lá trouxe esta história: 'Estava sentado em um barranco próximo de Naissos (Nis), entre a Sérvia e a Bósnia, de costas para uma ampla casa rústica típica, rebocada a partir da metade num branco artificial, diante da qual, sob a sombra das árvores, via-se a enorme mesa de refeição com dezenas de cadeiras, em madeira maciça, coberta de linhos, cristais, pratas e louça, samovar, narguilés, tortas gibanica, bureks, assados, Kobe beef, T-bones, joelhos de porco com repolho, fatuches, falafel e kebabs. Cervejas, vinhos, uísques, nalifka. Os convidados, tendo descoberto suas cabeças dos tarbuches, ushankas, barretes, turbantes, castores e coelhos, discutiam, animados, os preços das mercadorias utilizadas lá embaixo.

Meus sentidos estavam divididos entre a audição das risadas às minhas costas e a visão, absorvida naquele vale extenso ao sopé das montanhas, formando um palco onde os atores se atracavam com as armas disponíveis. Um vai-e-vem de pessoas, ora agachadas e protegidas, ora em pé correndo, atirando sem cessar, ocupando posições para logo depois voltar, sob o fogo cerrado do inimigo em maior número.

De cima, se podia ver um pelotão atravessando o rio logo adiante, fazendo a outra perna da pinça que aniquilaria a todos à baioneta calada. Os corpos repousando no chão, disformes, em posições desnaturais. Do conflito inicial, restou um ou outro de um lado, e uma pequena maioria do outro. Apenas se pode dizer que houve muito medo e coragem de todos, e sorte para alguns. É só. Ao chegar a cal iniciou-se a cova coletiva, e minha atenção se desviou para o tato. Desde não sei quando, estava com a mão sobre o pescoço de um cão fugitivo, que correndo e escalando aquela elevação se postou ao meu lado, olhando como eu, e se aconchegou. Havia uma conexão entre nós. Fome? O aroma que vinha de trás foi o laço. E fomos comer. """

Cabo Horn.

Aqui posso desfrutar dos meus sentidos e esquecer o raciocínio. O sol energiza-os todos: a visão fica mais apurada, é sempre surpreendida; o paladar é muito melhor; o tato tem oportunidades e texturas que jamais teve na cidade; a audição remete ao tempo em que ainda éramos caçadores; e o olfato, que era alimentado por perfumes industriais e de comida, agora respira mar e montanha. No mais, estava infestado pelo esgoto que a cidade acumula. E o melhor: adquiri o direito de me contradizer.

Este é Aécio Pym, um navegador que conheci por aqui. Cometeu a façanha solitária de dobrar o cabo Horn, pilotando um barco de sete metros. Fiquei animado com a descrição e com os efeitos da viagem sobre ele, a beleza da amizade entre os pinguins e os albatrozes e a simetria entre seus ninhos. Tentei, tempos atrás, refazer a rota de Fernão de Magalhães, e não consegui. O caminho é cheio de becos sem saída, exigindo do navegador uma resistência sobre-humana. O risco de se arrebentar contra os recifes é tão real que meu barco ficou imprestável. A nova rota fica mais adiante, na divisa entre o Atlântico e o Pacífico. Os inimigos são outros: as correntes, o tempo, o vento.

Conheci a região através de histórias de marinheiros. Penso que estou melhor, aqui à beira-mar, vazio. Apesar dos vários corpos seminus, apesar do sol, dos instintos, consegui refugar a lembrança que me persegue: o desfile de modas que as meninas angolanas fizeram quando de nossa visita. Reuniram-se em doze ou quinze, não me lembro, e nos mostraram todos os padrões dos tecidos angolanos. Eram muito novas, vestidas com as saias longas, as cores muito fortes e contrastantes; belas, com os seios à mostra. A vila era toda feita de pequenas casas cobertas por colmos, com formato de ogivas, cercando a praça central de terra batida; em cada uma delas, havia um odre de barro pendurado no alto de uma vara, chamando a atenção enquanto as esperávamos. "Colocamos nossa comida ali, para proteção contra as formigas."

O retorno.

Saí em direção ao sul. Até chegar ao porto final, tive o horizonte, as montanhas e o céu por companheiros. Ali, céu e terra se fundiram e tudo ficou azul, ondeante, ameaçador. Deixei Aécio em Ushuaia e segui viagem, para fazer o mesmo roteiro. Não consegui. Submergi. Fui salvo pela guarda costeira chilena. Perdi o barco dele. Devolverei um novo.

No meu peito formou-se uma ferida e todo dia sai um pouco de seiva, que seco com uma gaze branca.

Peixe-palhaço

Dinheiro é como eletricidade. Chocante
quando em doses moderadas,
letal quando aplicado em excesso. Injeção letal
é mais humano.
Ivan Lessa

Houve um acordo tácito para encontrar o quarto jogador de nossa mesa. Nada foi falado, nada foi alterado. O ar, intrometido entre nós, é um pouco diferente: mais denso, quer evitar um contato direto entre as pessoas; também permaneceu um halo, às vezes percebido com o giro repentino da cabeça.

Sultana insiste em dormir próximo à Nega Luísa. Lindinha está de férias, desapareceu por uns tempos. O sabiaúna persiste em sua melodia. Ao ouvi-la atentamente, percebe-se também uma leve mudança no timbre, no tom, no vigor.

Algumas pessoas têm comparecido para nos acompanhar por uma, duas ou três rodadas. Algo as expele. Etéreo. Irredimível.

Surge Tom Shakespeare, vindo do distante norte. Uma figura simpática, ganhou as folhas ao receber uma bolada na loteca, e mais: as telas da tevê. Foi quando desapareceu. Declarou a todos que não mudaria em nada a sua vida, mas enfrentou muitas dificuldades. Fugiu, brigou, desequilibrou-se e morreu. Várias vezes. O mundo se aproximou muito dele, fez notar que não haveria lugar e muito menos quem acreditasse nele. Deixou de ouvir música, beber, e começou a ter que explicar, falar, conversar, opinar, refletir. O cérebro dele passou a ser privilegiado. As mulheres o achavam lindo, era requisitado. Sua última namorada precisava muito de dinheiro, que ele deu. Mas não o suficiente. Jamais seria o suficiente. Resolveu se mudar, uma pequena alteração, ficando por ali mesmo nas redondezas. Comprou um belo relógio numa loja de penhores, pagou alguns velórios e dívidas dos amigos. Depois de um tempo, o xerife desconfiou de algo e começou a investigar seu provável homicídio. Abriram covas nas casas, a nova e a antiga. Seu desaparecimento foi convertido em busca de corpo e a namorada foi a principal suspeita.

Paris, França. Soube, pelo noticiário da tevê, que Jean-Claude Duvalier foi premiado com uma grande soma de dinheiro. Queria aprender com ele. Sabia que morava em Paris; sabia, pois, o suficiente. Descobriu também uma insuspeita habilidade para aprender línguas. Com algumas semanas, conseguiu emprego na casa dele como assistente de cozinha. O fato de comer muito pouco foi decisivo na sua contratação. Passados seis meses, demitiu-se. Tinha visto tudo. Viveu a história daquele homem e não a queria para si, um constante beija-mão aos benfeitores e banqueiros. Jogava paciência contra o tempo, mulheres, amantes, objetos, coleções e pessoas contratadas para mentir. Bajuladores. Vivia imóvel.

Assistiu a uma reportagem sobre a vida de Hailê Selassiê. Ficou impressionado com alguns fatos. Apesar dos constantes banquetes a que comparecia, comia pouco, quase nada, apenas roçava o prato e mastigava interminavelmente o pequeno bocado levado à boca. Seus lábios apenas se abriam após um esforço sobre-humano. Levava sempre alguém consigo para ouvir o que ele sussurrava, uma ponte levadiça para o mundo. O repórter disse, como fecho da história: "... ele sabia que quando alguém, armado, ultrapassa a própria história, esse alguém deve morrer."

Despencou em nossa mesa. Zé e Esmérdia o aceitaram e ele virou o Big. Sultana e Nega olharam de lado, sem emitir opinião alguma. Aprendeu o mahjong e o dominó. Era fã deste, por ser rápido e prático. Ainda estava descobrindo o país, sua gente, e o calor e o frio. Sem extremos. Tudo parecia diferente. Móvel. Um parque de diversões.

Usava um colar chamado Dadá. Era assim que Zé o chamava. Um colar. Vivia às voltas com seu livro, *Você merece*. Escrevia e reescrevia. As palavras iam e vinham. Queria escrever um livro para o primeiro lugar na lista dos mais vendidos. Big prometera ajudar. E para isso, queria exatamente pegar o tom, o ritmo, passar as ideias, pensamentos.

— Você gosta dele? — perguntei.

— Já gosto dele; é simples, gostar. Basta dizer o que ele quer ouvir, precisa ouvir, não é fácil viver no mundo em silêncio. Esta é a beleza. Anseios iguais. Um texto que salva. Se o leitor quer o bem, que esteja de bom humor. Sempre há esperança.

— Gostar do igual é gostar de si mesmo? — insisti.

— Cara, eu só quero vender livros. Refletir? É angustiante. Ele quer salvação. Imortalizar-se. Precisa de alguém dizendo que ele pode. O dia todo. Toda hora. Basta abrir o livro e tomar uma drágea: ler uma página.

A história na tevê: as catacumbas dos católicos. Durante os primeiros séculos, os cristãos tinham se abrigado em cidades subterrâneas, para fugir da fúria dos romanos. Os maçons e revolucionários americanos construíram seus túneis em Filadélfia, para fugir dos impostos dos ingleses. Na Itália, as catacumbas são hoje depósitos de corpos e mercadorias. A instituição se transformou em uma *Cosa Nostra* e desafia o poder. Na Segunda Grande Guerra, a América enviou seu agente especial Lucky Luciano para facilitar a invasão dos aliados contra o despotismo do ditador. Luciano trabalhou com eficácia e ganhou liberdade total de ação: conseguiu ser um homem do subterrâneo e da cidade. Serviu ao crime, à cúria, à malta, escorregou por entre as malhas, conservou seu dinheiro e o doou aos pobres no fim de sua vida. Abordava turistas, apenas para ouvir seu idioma natal.

Big vencia quase sempre. "Sorte de iniciante", resmungava Esmérdia. Parecia que a sorte escolhia o novato para prendê-lo conosco. Nos levou a uma praia em um final de semana. Deserta, com um morro em cada ponta: Monte H. e Morro do Americano. Após comer peixe na brasa com os pescadores, subimos pela coxilha até o ponto ideal. Ficamos olhando. À nossa direita, podíamos observar o sol se encaminhar rumo ao pico do monte. Ouvimos que, nesta época do ano, ele cai exatamente em cima daquela ponta. Nossa atenção foi chamada pela luta de um vaqueiro para laçar um touro nas proximidades, uma batalha. Couro, cordas, chifres, músculos, fúria, força, esperteza, dominação. Ambos saíram feridos. "Estou acostumado com isso. Esse animal tem três anos, viveu à vontade, e agora vai para o estábulo. Vou preparar o bicho para cobertura", explicou o vaqueiro.

Big perguntou: "Como é a doma?"

"É simples: não reaja. Ele vai jogar você no chão, quebrar tudo, corcovear, escoicear, chifrar. Deixe. Não reaja. Ele ficará seu amigo", e mostrou uma cicatriz de trinta pontos no antebraço.

Ao final de tarde, o sol foi penetrado pelo pico do monte, uma sagração majestosa destacada da linha do horizonte. O calor era temperado pelo vento noroeste, que soprava constante; tudo estava próximo e ameno. As trilhas, por entre o verde sinuoso, convidavam às descobertas. A paz se espalhou. Uma cerimônia. Até que ele se escondesse com a luz.

Big nos contou que sempre fora auxiliar, desde os três anos: de caminhoneiro, de cozinha, de lenhador e vaqueiro. Conseguiu trabalho em um circo. Caminhará com ele de ora em diante, até aprender os ofícios de malabarista e trapezista. Abrirá outras portas do mundo. Era a sua despedida. Quando, e se atingisse Aden, consideraria vender armas.

Descemos à praia, procurando pouso. Noitinha fresca, a lua despontando no horizonte na direção oposta, redonda e vermelha, nítida e próxima, um foco cálido de luz. Só marulho, areia, pedras e estrelas, faiscantes, no céu e no mar. Seria o fruto daquela união? Ao nosso lado, iluminou uma orquídea catleia, madura e da mesma cor.

O DESERTO SILENTE

*Não há no orbe/ Uma coisa que não seja outra, ou
contrária, ou nenhuma.*
Jorge Luiz Borges

Sábado de sol. Nesse outono esquecido, convenci meu filho a
caminhar pelo parque. Logo na entrada, um ciclista equipado com
sua bicicleta nos ultrapassa, lépido. Visitamos o Planetário, assistimos
ao documentário sobre as estrelas, Via Láctea, Andrômeda. As
galáxias são bilhões de estrelas, nebulosas compostas de pó, girando
em torno de um buraco negro. Algumas parecem espirais, colidem
com outras em suas órbitas e se refundam, diferentes da anterior.
No espaço, sempre acontece algo. O movimento é violento, rápido
e belo. Demonstra uma harmonia respirando conosco, fugazes
observadores. Adquirimos nossa esquecida dimensão. A colisão é
um fator fundador da espécie humana, formador e destruidor. Um
asteroide, com dez quilômetros de extensão, atingiu a Terra e formou
o que hoje é o Golfo do México, extinguindo os dinossauros. Sem
esta destruição, dizem alguns cientistas, não haveria ambiente para o
desenvolvimento dos cordados.

Saímos. A luz nos invade, e esprememos os olhos.

(Desde pequeno, gosto de ouvir a Dança Ritual do Fogo. Meu
pai era todo música, a escutava sem parar depois de se livrar do

trabalho, quando conseguia silêncio. Mexer na vitrola era proibido, estando ele presente ou não. A continência era a cláusula pétrea. A agulha, delicadíssima, poderia se quebrar ou arranhar o vinil. Foi meu primeiro desafio: mexi. Pronto. Repeti, cheio de dedos, os movimentos vistos milhares de vezes, e liguei o aparelho. Fiquei observando, entre admirado e ansioso, a lentidão do movimento do braço: primeiro, se deslocava para fora do disco, dava um suave sobressalto e se voltava para dentro, até o ponto exato do início dos sulcos, e então descia suavemente. Cerrei os olhos para ouvir com atenção. Ninguém. Nada. Silêncio. E ouvi, após o acorde inicial, o detonar de algo se quebrando. A cabeça se desintegrou em dezenas de pedaços.)

Meu filho apenas andava e observava.

(Ficamos muito tempo separados, depois do falecimento da mãe. Tânia foi um caso de amor doido e doído, tanto tempo namorando, brigando, voltando e separando, até que nos casamos. Eu trabalhava como torneiro mecânico e pensava adorar o meu trabalho, produzia minhas peças segundo o projeto, sem surpresas, a fantasia se limitando a dois mícrons de diferença, o limite da tolerância entre a peça útil ou inútil. Quando a encontrei, senti um desarranjo tremendo. Tudo se mexia. Ela, posso dizer, era o meu oposto. Se lhe dessem um trapo, dali ela engendrava uma joia. Era sonhadora, extrovertida. Apaixonava ora um, ora outro, ora vários. Tinha muitos amigos. Nem sei dizer como nos atropelamos. Foi por meio de um amigo, com quem depois ela me traiu. Sim, foi isso. E eu? Me vinguei com a futura cunhada.)

— Como andam suas coisas, pai?

— Bem. Com os problemas de sempre, filho. E contigo?

— Fiquei com uma depê em Microeconomia.

— E a vida? Como tem te tratado?

— Normal.

— Filho, depois que me casei com sua mãe, ela se transformou. Deixou tudo de lado, limitou suas opções a mim. Eu era muito ciumento e inseguro, e ela se encabulou. Deixou de representar, de dançar, de criar, e engravidou. E veio você, como ela, criativo e ousado. O mesmo interior, sem tirar nem por. Sua aparência é igual à minha, mas a agitação é dela. Nossa única ligação era gostar da casca dura do pão, quase queimada. Fiquei com raiva disso, faltou coragem para compreender a pressa, a agitação, a desobediência exacerbada de uma criança. Tinha ciúmes de você. Tânia se tornou monótona, insegura, e te mimava, até que nos separamos. Eu não gostava mais dela. Tinha medo de vocês dois. Procurei outra mulher, séria, trabalhadeira e metódica. Alguém que percorresse o caminho escolhido, sem desvios. Buscando a peça perfeita, esculpida e encarnada.

— Não esquenta, pai.

— Fiquei só. Faz tempo que não nos vemos. Sinto sua falta. Queria conversar mais com você. Conversei pouco com meu pai, ele também tinha a nossa cara, esse cabelo fino e grudado, esse rosto talhado a machado. Dele, me lembro da frase: "Se não ganhar dinheiro, você não terá amigos e mulher. Cuide-se." Será que conseguirei ser diferente dele?

Passamos por um grupo que praticava *tai chi chuan*. Liderados por um mestre oriental, movimentavam-se ao ritmo do vento que balançava as árvores, todos os galhos, braços, folhas e cabelos em uníssono. Emanava daquela lentidão uma força magnética, parecia impossível fazê-los parar; e nos atraía.

— Pai, eles não lembram aqueles guerreiros de terracota? O chinês nunca é singular, é sempre coletivo.

— Eles começaram seu império pela força, dominando todos os vizinhos, seguindo o movimento das estrelas: anexando ou aniquilando os adversários, uma crônica escrita e violenta da nossa espécie. A violência me fascina. Aquela coorte de guerreiros, um cúmulo, torna a morte coletiva, um movimento. Isso, anterior à razão. Estou certo de que ela é parte indissociável do homem. Violência e sexo são instintos natos. Todo o pacifismo é inútil, um cosmético, filho. Somos sobreviventes de uma matança de milhões de homens. À medida que aumentamos de número, a violência também aumentará, buscando equilíbrio. Nada pode ser feito.

Andamos contra a corrente humana. Ao lado, sanfoneiros, rapazes fazendo embaixadas com bolinhas de tênis, pintores borrando suas telas, meninas atléticas olhando para os lados. Levo um tranco e fico sem a carteira. O ciclista nos ultrapassa novamente, suando em bicas, o cromado da bicicleta irradiando o sol.

Encontramos uma sósia perfeita de Tânia. Jovem, alegre, com uma cesta de vime sobre a toalha alva, de onde oferece sonhos polvilhados de açúcar para as crianças que passeiam pela beira do lago. Sem perceber, nos aproximamos dela. Fascinados pela coincidência, nos sentamos por ali.

Mostra a capa de seu livro: Stendhal. Logo estabelece uma conversa sobre Fabrizio Del Dongo, uma história incrível da participação em Waterloo como soldado. Apesar da movimentação das tropas e dos carros de combate, Fabrizio não conseguiu imaginar o que estava acontecendo, qual o papel daquela batalha ouvida ao longe. Considerava Napoleão uma estrela de primeira grandeza; alistou-se sem o consentimento do pai, pedindo ajuda à tia influente. Seu maior interesse era encontrar-se com ele. Nunca soube do acaso que determinou a ruína de seu herói. O homem tem tantas ilusões. Logo após este episódio, conta a história de uma mulher apaixonada que perde seu marido para a Guerra Franco-Prussiana. Envilecida e humilhada, ainda em boa forma, consegue infectar de sífilis todo o Estado Maior prussiano às custas de ser rejeitada por todos os concidadãos e pelo próprio marido, que sobreviveu a ela. Ela os atropelou e combateu a seu modo. Quantos pensamentos imperfeitos, não? *Desde o amanhecer haviam combatido pela Inglaterra e por seu dilatado império futuro e não sabiam disso.*

(Fiquei olhando, aterrorizado, as peças rodando sobre o disco de vinil. Meus dedos grossos não conseguiam manejá-las, nenhuma ferramenta para me auxiliar. Passei toda a tarde arrumando, ajeitando, encaixando. Minha vitória seria fazer com que as peças ficassem juntas, de forma a parecer em ordem. Consegui, um pouco antes de ele chegar. Coloquei o braço no repouso. Depois do jantar, subi para o meu quarto, até ouvir a praga que ele soltou.)

Visitamos a exposição vinda de um país do norte da África: "O deserto não é silente."

— Esqueci de contar, pai, vou ser guia no deserto.

Ao final do dia, observo que ele está me olhando. Procurando Macário Smerdiakov, seu pai? Estamos sentados à beira do lago, o perfil negro de um pato se forma ao atravessar o sol poente. Sobre nós, um galho seco, com apenas uma pétala branca.

Quando saímos, encontramos o ciclista, coberto por uma capa de papel laminado, a bicicleta partida em dois pedaços. Tinha sido atropelado. Nenhuma vela acesa, apenas um guarda-sol aberto protegendo o corpo, talvez simulando um beijo.

QUINQUILHARIAS

*Hollywood is a place where they'll pay you a thousand dollars
for a kiss and fifty cents for your soul.*
Marilyn Monroe

Japão desenvolve robôs para ajudar idosos.
Taizo é um robô que carrega nas costas o idoso desejoso de morrer no alto da montanha, ao sentir a proximidade da morte. Em geral, isso se dá na estação de inverno rigoroso, como agora. A ideia surgiu como adaptação do clássico "A Balada de Narayama", do genial e inolvidável cineasta Shohei Imamura. Taizo é auxiliado por Paro, uma foca eletrônica equipada com inteligência artificial e capaz de tornar a caminhada mais agradável e divertida, encerrando de vez, e com humor, a questão da honra familiar da ancestral família japonesa.

Casa de Tchekov sofre abandono nos 150 anos de seu nascimento.
Depois do progressivo envenenamento das relações entre russos e ucranianos, com estes encabeçados pela vigorosa líder Yuliya Tymoshenko e motivados pela criminosa tentativa do corte de suas tranças, cultivadas desde a mais tenra infância desde a leitura de *Rapunzel*, dos irmãos Grimm, o parlamento da Ucrânia resolveu

cortar as verbas destinadas ao museu do escritor de *O Jardim das Cerejeiras*, cultuado como gênio pelos habitantes do país limítrofe. Uma represália à altura e com as dimensões adequadas de repúdio ao povo inimigo da nação ucraniana.

Correr descalço reduz impacto nos pés, diz estudo.

Biólogo, professor de Harvard e corredor, Daniel Fearless concluiu, após dezenas de recordes atingidos por corredores etíopes, quenianos, eritreus e marroquinos, em Olimpíadas e competições de longo percurso, que os pés têm melhor desempenho correndo nus do que calçados por tênis, isto é, o estresse a que são submetidos é menor. Resumindo, todos os engenhos humanos para melhorar o desempenho dos pés falharam. O cientista publicou um artigo com seus argumentos na revista científica *Nature*. Logo em seguida, uma empresa lançou um calçado que imita o pé descalço tão exatamente que não se consegue distinguir o produto a olho nu.

Acidente durante perseguição deixa dois mortos em São Paulo.

Valorosos soldados da nossa Polícia Militar empreenderam o resgate de um automóvel da marca Volkswagen, modelo Passat, ano 1986, roubado por elementos desconhecidos quando seu proprietário colocava a trava de segurança, ligando o volante à alavanca do câmbio. Os bandidos utilizaram o artefato para deixá-lo preso ao portão da casa da namorada que, apavorada, correu para dentro e pediu ajuda, fornecendo todos os elementos à briosa corporação. Depois de algumas horas de perseguição em desabalada carreira pela cidade de Diadema, o carro retornou ao lar com as molas quebradas — graças ao auxílio dos quebra-molas locais —, escoltado por dois policiais e deixando duas pessoas mortas atrás de si, uma delas grávida, atingidas por projéteis durante o rali. Ambas foram encaminhadas ao Instituto Médico Legal para os exames de praxe. O veículo também foi atingido, ocasionando a destruição do vidro traseiro. O policial, amavelmente, indicou à vítima um fornecedor de vidros usados de sua confiança.

Para salvar namoro, chinesa quer se operar e virar sósia de Jessica Alba.

Xiaoqing, chinesa de vinte e um anos, com um metro e cinquenta de altura e sessenta quilos, fará cirurgia plástica para se tornar uma sósia da atriz Jessica Alba. A atriz, considerada símbolo sexual, tem um metro e setenta e um centímetros de altura e cinquenta e três quilos; é filha de mãe franco-canadense e pai MBA [*Mexican born American*]. A jovem declarou-se constantemente humilhada pela peruca loira, usada sob as ordens do namorado.

"Atender à fantasia dele destruía a minha. Ele fazia amor com a peruca. Quero melhorar a minha personalidade, tornando-me igual a ela."

A publicidade atingida pela notícia motivou um cirurgião plástico a tentar a façanha: "Existem condições técnicas para o caso."

Caso consiga, imagina ficar milionário diante da imensa demanda em sua região, no interior da província de Zhejiang, exclusivamente povoada por orientais.

Fênix carrega carga letal de 200 megatons.

Gjergji Pulë, da Universidade de Eqrem Çabej, em Gjirokastër, doutor em Geologia e residente na cidade de Batávia, dedicou sua vida ao estudo do vulcão Krakatau e de seu "filho", Anak Krakatau, talvez pelo caráter espetacular da erupção de 1883 — um espetáculo de som, fúria, cores e fluxo piroclástico com mais de vinte horas de duração —, causadora do maior ruído de que se tem notícia na Terra, ouvido a uma distância de três mil milhas do local. Seu poder de destruição, irradiado em um círculo de trinta quilômetros de raio, causou a morte de mais de trinta mil pessoas e o seu próprio desaparecimento tragado para dentro do mar, envolto em fumaça, cinzas e tremores.

A beleza majestosa desse espetáculo natural e o reaparecimento em 1927, após novas erupções, de uma ilha vulcânica na mesma região, são fatos de caráter didático exemplar. Acompanho o seu desenvolvimento desde os nove metros iniciais, hoje transformados em mais de trezentos metros de altitude.

Hugh Hefner faz uma exótica, bombástica comparação.

Ícone nos Estados Unidos, ao responder questões relativas à venda de sua revista, sai de seu habitual e responde bem ao estilo de Eric Cantona: "Quando me casei pela primeira vez, dormíamos em uma bela cama de casal, com dossel e espaço suficiente para o nosso café da manhã. Marylin apareceu na revista nua, sem mostrar quase nada, por exigência dela. Depois, eu e minha mulher passamos a dormir em camas separadas, no mesmo quarto. Nessa ocasião, as meninas da revistas exibiam os seios e escondiam o resto. A evolução dos meus casamentos exigiu que dormíssemos em quartos separados, e a Playboy passou a mostrar nu frontal, seios e vaginas, adocicadas e com retoques. Até pouco tempo atrás, eu e as consortes morávamos em casas diferentes, apenas nos encontrando em ocasiões especiais, frequentes, confesso, mas cada um na sua. Enquanto isso, *playmates* escancaram sua anatomia, com nu frontal e closes provocantes. Meus amigos, hoje, dizem preferir sexo eletrônico através de e-mail, textos de celulares ou telefone. Os contatos são episódicos. As fotos das páginas centrais se assemelham aos estudos ginecológicos, tentando fotografar o ponto G.

Estas notícias, todas de hoje, formaram uma imagem em mim cuja descrição ainda não consegui elaborar, mesmo depois de várias releituras. Antes de desistir, peço a sua ajuda, leitor. Enquanto você lê, assistirei ao filme "Paris, Texas", adquirido por noventa e nove centavos de dólar.

Exílio

A cordo como aquela gota d'água com areia, caída de uma nuvem. Guardei na memória a visão: uma cordilheira lá embaixo, aconchegante e verde. Olho ao redor, um quarto branco, cama e criado-mudo. Saio pela porta-balcão para um gramado em retângulos perfeitos, cercado por um bosque de araucárias, caúnas da serra, capororocas, carobas, canela-podre, paus-leiteiros, tucuns, sarandis, jaborandis, guaperês, guajuviras, jerivás e louros-moles. Flores azuis e tucanos empoleirados. Cadeiras Rietveld e guarda-sóis formam vários conjuntos. É essa a moldura que cerca a grande casa, de estilo montanhês. A esmeralda domina o piso exterior, exceto nas áreas de circulação; lá existe algo de concreto, mas vazado e quase imperceptível ao olhar.

Silêncio: este o ingrediente principal para a cura, para a desintoxicação do corpo. Naturopatia: tirar a força de dentro do próprio corpo. Os alimentos ativam o tratamento: sucos de clorofila de fontes como a espirulina, usada desde os astecas, chinos e sahelianos, além de sucos de cenoura crua, folhas de trigo e alfafa e outras verdes das mais variadas, exóticas, remotas e longínquas procedências. "O gosto? Ah, esse é um ponto que ainda não pudemos levar em consideração. Nossa beberagem é melhor do que ingerir talidomida, não?"

Sou a enfermeira. Passo o dia inteiro preparando os alimentos. Acordo antes deles e durmo depois. Apresento meus pupilos, que passarão aqui os próximos meses.

A médica é solteira, pediatra, média estatura, cabelos louros e áridos, olhos e pele cinzentos; trabalha em dois empregos na saúde pública. Formada há alguns anos, cursa especializações aqui e no exterior. Acaba de chegar de Berna. Assim que confirmou o diagnóstico, exigiu licença. Trata de se associar a outro plano de saúde: "Pago tanto imposto que prefiro pagar mais um plano, desde que dedutível pela Receita." Lembra um graveto seco, friccionado, soltando faíscas. Irritada. Esgotou-se no trabalho ultimamente. Cobriu três colegas, que também caíram enfermas. "A Secretaria não está nem aí. Na minha ausência, aí sim, darão valor ao meu trabalho." Retirou um seio e agora enfrentará a primeira quimioterapia. Um câncer agressivo (HER2). Sabe que o protocolo da químio é o mesmo, desde os tempos de academia. "É impossível que não se tenha avançado nada." É filha de emigrantes. Seus pais montaram uma empresa de produtos brasileiros na Alemanha, pouco antes de estourar a Segunda Grande Guerra.

O engenheiro é divorciado, desde e para sempre, alto, corpulento, cabelos pretos, pele muito branca, de meia-idade. Sempre se dedicou ao mercado de ações e com isso consegue tocar sua vida. É hipocondríaco. Sofreu um sequestro relâmpago. Ouviu a voz da filha pedindo ajuda no celular, entrou em pânico e se rendeu completamente. Mesmo sendo judeu, declarou-se evangélico, portanto irmão em Jesus, para evitar uma tragédia desenhada em sua mente. Seguiu todas as instruções, resgatou seu dinheiro no caixa automático e comprou créditos para os números indicados em lotecas e bancas de jornal. Na última delas, a jornaleira percebeu a situação, viu o suor alagando aquele corpo e escreveu em um pedaço de jornal: "É um sequestro?" Recebendo a confirmação com a cabeça, pediu que ele escrevesse o telefone da filha; cada algarismo lhe devolvia um pouco mais do seu raciocínio. Viu o polegar positivo, desligou o telefone, abraçou a jornaleira. Comprou uma caixa de chocolates dias depois como um agradecimento, e ficou surpreso quando a jornaleira não o reconheceu.

A zoóloga, moça ao redor dos vinte e três anos, com muito esforço mede cinquenta centímetros acima do metro, esguia, olhos da cor e do tamanho das ameixas, rosto oval e simétrico, cabelos lisos, finos, fala baixa e mansa. Natural da ilha de Sado, terminou o curso e empregou-se em uma ONG. Embarcou para a Amazônia. Cuidando da população ribeirinha no Negro e afluentes, aprendeu a pescar e a limpar peixes: acarás, acarauaçus, traíras, sarapós, jandiás, jejus, mandubés, maparás, surubins, tambaquis, tucunarés, matrinxãs, curimatãs. Orgulha-se de saber limpar o curimbatá. Caso não se tire um fio branco, que corre desde a guelra até a cauda, o pitiú invade o peixe e o torna intragável. Sonolenta devido ao calor, sentada, com um pé riscando inutilmente a água, raspava e jogava as escamas no rio, trabalhando com método e atenção, quando subiu, do nada, um jacaré-açu de três metros e abocanhou-lhe a perna direita, girou sobre o próprio corpo e a puxou para dentro do rio. Conseguiu se safar, socando, alucinadamente, uma parte "mole" do bicho. Nadou até a margem, de onde ligou para um médico, visto que o caboclo inchou e desatou a chorar, atarantado diante de tanto sangue, pontas de osso e carnes diláceradas da moça machucada. O animal foi localizado e morto. Tarde demais. O membro estava inútil para o implante.

O físico é alto, claro, forte, olhos azuis, cabelos escuros ondulados e cavanhaque ruivo. Natural de Roncador, uma das menores províncias espanholas na América do Sul, é poliglota. Fala espanhol, esloveno, basco, albanês, finlandês, húngaro e romeno. Declara-se livre-pensador, homem que não precisa acreditar. Compreende as razões, é investigador incansável e determinado, usa a matemática como linguagem e a física como sinônimo de beleza e elegância na natureza. Já fez dois transplantes. O corpo insiste, renitente, recusando-se a refazer seus ossos. Submeteu-se a um rigoroso e intensivo tratamento; está devastado. "Ao ver a chapa da minha cabeça, ela parecia um balaio." Vive sob o efeito de analgésicos. O pai o animou a procurar o Conselheiro. Enfrentou chuva, tempo, vento e fila. Ao chegar a sua vez, o homem dominado pela "Entidade", que acolhia afável todos os desvalidos, ordenou-lhe desde as sobrancelhas, ríspido: "Vá até aquele canto; reflita. Depois eu te chamo." Ele foi para o lugar indicado, ficou sem saber o que fazer ou pensar, por que pensar? Por que eu? Observou o lancetar de tumores, o esvair-se e empapar-se do sangue, se afastou para alguém costurar os doentes. Fez isso várias vezes, até ser chamado de volta. Recebeu algumas secas instruções de preparo, e só depois disso deveria visitá-lo em Mihragem. Rejeitado, observou o homem sair do pátio em uma caminhonete, saudando a população ululante, em êxtase estridente a cada aceno.

Cannabis, Cão, Sião, Japão

Aqui, nosso convívio é ameno e distante. Passeado pelo jardim sinto o cheiro da seiva no bosque, o frenético voar dos pássaros ou o som deles, comendo os pedaços de mamão enquanto ouço aquela algaravia de vozes. O sol da manhã brilha impune e me aquece, através do ar límpido.

De repente, uma bolha branca de cambraia, inchando aos poucos, realiza a forma redonda de um ventre grávido para em seguida desaparecer. Volta a ser a cortina antes assoprada pela brisa, espalhada pelo balcão. Aproximo-me, furtiva, para fechar a porta, quando encontro a menina deitada de costas, nua, com a perna voltada ao sol em uma posição de entrega às ondas da vida, ébria, de olhos cerrados, recebendo energia, vazia, oca. Nada mais no mundo importa, quer desfrutar a desrazão, o desvario do momento. Sua mão direita está espalmada sobre o ventre, onde pelos negros e lisos cruzam-se entre si, criando um tufo convidativo como o das plantas carnívoras. Ao lado esquerdo, um bonsai; do lado direito da cama, um livro — *Genji Monogatari* — aberto no capítulo três, onde uma gravura mostra um príncipe encoberto por um biombo, curvado, observando pela fresta e cuidando para não ser visto, as duas princesas jogando Go. Talvez tenha sido com ele, com aquela história, que ela fez amor. Afasto-me, furtiva.

Apesar da tranquilidade e paz do lugar as pessoas não relaxam, precisam de atividade, repetem seus hábitos urbanos. Após o almoço, visitamos o zoológico da cidade. Fica na descida do morro, do lado direito da estrada, a poucos quilômetros, num local acidentado e imprestável para a agricultura, bem organizado, caro e limpo. Assistimos a um filme assim que entramos, nos informando de que apenas animais da fauna brasileira serão encontrados, todos adquiridos legalmente, provenientes do IBAMA, que os capturou de ambulantes, contrabandistas, circos e particulares.

"Geralmente são animais atropelados, abandonados, famintos, empesteados. Agora, tratados pelo zoo. Os mais populares são o lobo guará (hoje em revisão médica, pinos colocados nas pernas posteriores), as onças e panteras (é comum se esconderem em grutas, devido ao calor de quarenta graus e aos hábitos noturnos), e o tamanduá-bandeira. Não alimentem os animais, por favor, nós fazemos isso."

Nos servimos de um carro elétrico. A moça que o conduz é uma futura bióloga, perguntei se ela pretende dar aulas. "Não, para isso é necessário fazer mestrado." Não sabe o que pretende fazer com seu diploma. Distribuirá seu currículo.

Atravessamos o parque ouvindo os roncos dos bugios com voz de baixo; os papagaios de peito-roxo, as caturritas e os papagaios-charão em grandes gaiolas; algumas araras-azuis-e-amarelas se aproximam curiosas e são fotografadas; apesar da proibição, os visitantes insistem no contato com os animais. Uma arara despenca do galho, por estar com a asa cortada. Observo a menina oriental pelo canto dos olhos. Passamos pelos pinguins que, alvoroçados, reconhecem a guia. Ela os alimenta individualmente, evitando que os fracos passem fome. A capivara, enlameada, deitada, nos olha, indolente, indiferente. Quando paramos para tomar água, converso com um guarda. Ele me diz que o empreendimento é de propriedade de um casal de médicos geriatras que abandonaram a profissão. Ouço o plano de se colocar um carrinho de pipoca circulando, movido a luz solar. O circuito termina na entrada de uma loja, abarrotada de bichinhos coloridos de pelúcia.

Voltamos. Hoje, desde a tarde até o término do jantar, receberei alguns familiares dos hóspedes. Acomodaremos as pessoas no jardim, na sala de estar e no salão de caça. Pretendo preparar uma surpresa: suco de beterraba.

Chegam os amigos da zoóloga, seus colegas de empresa. Ela está no jardim podando a trepadeira que envolve a araucária,

sufocando-a. Corta todos os ramos mais baixos da parasita e faz uma incisão em toda volta, separando as raízes do caule. Entretida na tarefa, não percebe a aproximação; os visitantes percebem o livro de poesias de Yosa Buson, onde um haicai está grifado, escrito em ideogramas, no alfabeto fonético e em português:
"veja a brisa matinal
soprando os pelos
da taturana."
Sorri, ao voltar a cabeça. Sentam-se e conversam animadamente. Ela relata a sua vontade de voltar ao Japão. Não quer ser considerada uma exilada, alguém que abandonou os seus. "Porém, não me excita a rígida disciplina, os hotéis-casulos, o gás sarin e a aglomeração constantes."

Os pais da médica também se anunciam e encontram a filha na sala de estar. É um ambiente amplo; os raios de luz atacam o ar, atravessando as portas-balcões e iluminando as reproduções da Pietá de Paula Rego, Erik Slutsky e William Blake, como uma homenagem. Aceitam o meu suco, anciãos magros, descarnados, a expressão cansada. Contam-me da miséria durante a guerra, do inchaço do corpo pela falta de vitaminas, da fuga à pé para a Dinamarca e até do reembarque, jogados no porão de um navio cargueiro. Esqueceram-se sucessivamente do português na Alemanha, do alemão na Dinamarca e de ambos agora de volta.

"Posso lhes oferecer uma cerveja para amenizar o calor?"

"Não", responde a médica. "Meu pai não vai beber nada." Ele franze a testa e a boca. Depois, conversam sobre a impossibilidade de criar um cão labrador com sessenta e cinco quilos em um pequeno apartamento. A mãe abana a cabeça, afirmativa. Mas acabam concordando com a filha após um olhar furioso, através dos óculos retangulares, praticamente sem armação, que refletem toda a luminosidade do sol, fulminando os velhos.

Chegam os filhos do engenheiro, um casal de seus vinte anos. Conversam andando pelos ambientes, sem se aproximar de ninguém e nem ao menos se sentar. Preferem que a conversa fique espalhada. E a ouço, entrecortada. Não aceitam o meu suco, exceto o pai.

"A alimentação é muito hostil, uma espécie de terapia de emagrecimento."

Compraram uma passagem de presente para o pai. Destino: Israel.

"Aproveitaremos a passagem do ano e tiraremos umas férias de quinze dias em Eilat, faremos pesca submarina. Praia e sol."

O pai se recusa, obstinado.

"Meu pai veio da Rússia, sem nada, e conseguiu tudo aqui. As pessoas são boas, não há nenhum problema. Ele sempre me repetia o ensinamento de um amigo: 'Os pobres, os fracos, os sensíveis e os exilados precisam ser silenciosos e espertos'. Não, acho que não vou."

"Pai, nós nos sentimos bem aqui, mas não é o nosso lugar. Nosso lugar é outro, e não sei onde é, talvez Utopia", diz a filha.

As frases que reconstituo são pedras extraídas das águas daquela Babilônia, onde se deitavam e lamentavam.

A família do físico é a última. Acomodam-se no Pavilhão de Caça, com esparsos chifres estilizados de animais e mesas familiares, em espaços simétricos. Os espelhos nas paredes dão um toque multiplicador. A mãe, o irmão e a esposa anunciam o falecimento do pai. Ele conta a história de Gaúcho, seu cavalo de estimação, castanho como ele, valente, corredor. "Eu sabia fazê-lo andar no ritmo do meu corpo. Sabia como dominá-lo. Caso contrário, ele correria até estourar. Gaúcho não sabia se dosar. Aliás, nenhum cavalo sabe." O pai era assim, sem dose. Não foi barato ser filho dele.

"Cavalo tobiano e castelhano só dá bom por engano."

"Cremaram?"

"Não, a burocracia impediu", disse a mãe.

"Não deixarei descendentes; você, meu irmão, escolheu outro caminho. Tem três filhos e três problemas. Aproveite. Estou cansado e empobrecido. Estão fazendo conosco o que fizeram no Uruguai, Paraguai, Argentina e Brasil. Seremos os próximos. Não se iluda."

A esposa se dirige para o jardim e a mãe tenta contemporizar, sem sucesso. O irmão responde que ele deve relaxar, não adianta ficar desse jeito. Ele o viu no hospital, o torso erguido sobre os cotovelos, brigando com a enfermeira por não haver lavado a mão.

"Relaxe, meu irmão." E oferece a ele um cachimbo de vidro, um vaporizador e um pacote de Cannabis Sativa. "É medicinal, evita a dor e melhora sua vida."

Hoje é o último dia do ano, e temos um estoque de champanhe sem álcool para festejar. Vamos até a cidade para ver as luzes e assistir ao show de um equilibrista, que pretende atravessar o céu sem rede de segurança.

Moar

"Esta noite vou estar com você
— quando o sol morrer — e A-M-R-O não será mais
escrito assim..."
Bret Easton Ellis

— Ainda bem que não são muitos os anagramas de "amor". Senão, pelo visto, ficaríamos horas e horas falando de suas aventuras. A não ser que seja possível acrescentar letras. Amora também vale? É claro que vale, não?

O café onde estávamos estava promovendo um concurso para premiar o autor de uma frase usando o nome do local, daquelas que fazem rimas tolas ou um jogo infantil de palavras. A premiação corria solta. Um casal de rapazes com uma criança de colo recebia o prêmio. Trocavam olhares amorosos. Um deles esboçava o agradecimento de modo quase inaudível.

— São cento e vinte possibilidades; se acrescentarmos uma letra, serão setecentas e vinte. Foi você quem começou o assunto — ela retrucou. — Não tenho necessidade de me exibir, de mostrar nada para ninguém. Aliás, lembre-se de que estou contando os meus meses, porque você me telefonou. Pediu.

— Pois sim, mas eu não queria estar sentado, com a perna engessada e uma luneta, olhando as cenas do prédio em frente, tentando descobrir o que você está fazendo.

— E eu, de vez em quando, sinto falta de um rosto de pele escanhoada, azulado pela lembrança da barba cortada, de queixo quadrado, nariz romano, cabelos pretos e ombros largos. O último deles me apanhou vestida com uma bata chinesa vermelha e me conduziu pela cidade. Entramos em alta velocidade em uma alça de acesso à Avenida Vereador Zé da Farmácia e nos deparamos com um auto em sentido contrário. Ele freou violentamente. Passado o susto, gesticulou furioso, xingou e indicou a placa de contramão pedindo que o motorista se afastasse de ré, dando passagem. O automóvel continuou imóvel. Dele, saíram dois homens, com muita carne, vestidos com calças jeans, camisetas de alças, braços e ombros à mostra. Vieram em nossa direção, se abaixaram na altura da janela e disseram:

"Caiam fora, dê você a porra da ré e suma da nossa frente. Tá sabendo, mermão?".

"Você está errado, cara. É contramão."

"Chama a polícia. E bem rápido, enquanto você pode falar e a gostosa aí está inteira", o outro rosnou.

Ele deu a partida. Nesse momento, aconteceu algo inimaginável: eles nos deram as costas. Imediatamente, meu namorado bateu com a mão no porta-luvas, tirou de lá uma Glock automática e ficou esperando que eles entrassem. Assim que se acomodaram, ele saiu. Aproximou-se do outro carro, disparou três vezes, uma em cada vidro lateral e a última no de trás, vociferando:

"Quero saber quem é que vai se afastar: eu ou vocês?". E engatilhou a arma para disparar outra vez.

"Saiam do carro, agora!" As veias do pescoço saltadas, as pernas fincadas no chão, suas mãos agarrando a arma, fazendo mira.

"Não precisa disso, mermão. A gente sai", disse o carona.

"Sai o cacete", disse o outro, "a gente dá a ré e vaza. Falou?"

O silêncio e a tensão da cena foram quebrados pelos tiros que ele deu no vidro dianteiro, um em cada lado e outro bem no centro. Os ocupantes não esperaram mais nada e deram o fora, batendo com as laterais na mureta de proteção, até desaparecer completamente. Ele voou para o carro, engatou a marcha e correu desabalado até encontrar um fluxo de trânsito para se esconder. Em seguida, retomou a marcha normal até chegar em casa. Jantamos comida chinesa. *Delivery.* Nossa noite foi maravilhosa.

— A nossa é uma história de desencontros. Lembra quando me perdi no Aeroporto de Los Angeles, procurando você? Você já tinha embarcado. Está cada vez mais distante. Adolescente e adulta, vivendo sua vida e agarrando todas as suas chances. Aqueles milhares de quilômetros entre nós continuam aumentando. Você não interpreta seus instintos, apenas os vive. (Digo isso, querendo o contrário.) Também vivo a minha vida, sem tantas variações, mas cuidando de ser feliz, considerando o que há para ser considerado. Por exemplo, as coisas celestes, cuja consideração está reservada apenas aos homens.

No alarms and no surprises
No alarms and no surprises
No alarms and no surprises
Silent silence

Vou até o balcão e pergunto o nome da banda que está cantando a música de fundo. Radiohead. Em todo o lugar não há nenhum casal como nós. Flagro alguns beijos. Há apenas uma mulher sozinha, com fones de ouvido, sentada em uma banqueta alta, as longas pernas descobertas pelo vestido bem curto. Simula uma pose sexy, mas não consegue disfarçar o enfado. Outras duplas de homens ou de mulheres. Pais com filhos ou filhas. Lá adiante, uma mesa farta de executivos de ambos os sexos, rostos brilhantes, limpos, descolados, olhos vidrados, muitos óculos com lentes escuras. Cada um com seu escudo em forma de computador, a silhueta opaca de uma fruta. Estão conversando sobre o psicopata chinês que ataca os berçários e mata as crianças. Um deles menciona algo como liquidar a próxima geração.

— Vamos embora?

— Você não quer emendar? Podíamos dar uma volta.

— É?... Não.

— Então vou conhecer o *iFly*. É um tubo vertical de vento a duzentos quilômetros por hora. Você paga uma taxa, recebe as instruções e um uniforme e fica planando, subindo ou descendo, dando piruetas, uma simulação do salto de paraquedas. É uma delícia. Meus amigos me disseram que as instalações são novíssimas, o lugar é seguro. Dá para reunir até seis pessoas.

— Se você quiser saltar de paraquedas, eu topo. Subir de avião, olhar, sentir o frio na barriga e saltar. Considerar. Vamos?

Saímos. A avenida estava atulhada, em obras, o leito desviado em várias curvas para dar vazão ao imenso fluxo dos veículos. As grandes estruturas antigas estão sendo demolidas, para dar lugar aos edifícios de cristal que distorcem as imagens refletidas. Um formigueiro humano, de capacetes amarelos, verdes e azuis, caminha por entre as vigas de metal. Alguns manejam as escavadeiras, abrindo espaços para novos túneis. Precisávamos pular de bloco em bloco, na calçada, para caminhar. Encontramos um templo antigo, ainda resguardando algumas colunas e carrancas femininas que suportam as vigas lá de cima, de onde nos olham com bocas e olhos bem abertos. Parecem horrorizadas.

O prédio da Igreja foi vendido para uma casa de shows. Por um tempo, foi o maior *point* da cidade, até que foi fechada após o homicídio de um traficante, no auge de uma balada. O público se assustou e sumiu. Foi vendido novamente. Hoje, é a festa de inauguração de um centro comercial. A fachada foi restaurada para remeter à dignidade antiga. Manter a pose. Oferecerá a maior variedade de artigos com marcas famosas, acessíveis apenas a uns poucos privilegiados. Caminhamos até o estacionamento. Cada um entregou seu bilhete para o manobrista. Um ambulante passou em frente ao estacionamento, nos viu e ofereceu, discreto:

— Tenho um estoque de camisinhas retardantes. O doutor vai querer?

Esta obra foi composta em Minion 11/13,1.
Impressa com miolo em offset 75g e capa em cartão 250g,
por Createspace/ Amazon.

www.ingramcontent.com/pod-product-compliance
Lightning Source LLC
Chambersburg PA
CBHW071938170626
46813CB00005B/1786